世界神话传说

杨永胜 编著

山西出版传媒集团
山西人民出版社

图书在版编目（CIP）数据

世界神话传说 / 杨永胜编著 . -- 太原：山西人民
出版社 , 2024. 8.-- ISBN 978-7-203-13526-5

Ⅰ . I17

中国国家版本馆 CIP 数据核字第 2024YU3990 号

世界神话传说
SHIJIE SHENHUA CHUANSHUO

编　　著：杨永胜
责任编辑：秦继华
复　　审：魏美荣
终　　审：梁晋华
装帧设计：邦雅文化

出 版 者：山西出版传媒集团·山西人民出版社
地　　址：太原市建设南路 21 号
邮　　编：030012
发行营销：0351 - 4922220 4955996 4956039 4922127（传真）
天猫官网：https://sxrmcbs.tmall.com 电话：0351 - 4922159
E - mail：sxskcb@163.com 发行部
　　　　　sxskcb@126.com 总编室
网　　址：www.sxskcb.com

经 销 者：山西出版传媒集团·山西人民出版社
承 印 厂：水印书香（唐山）印刷有限公司

开　　本：880mm×1230mm　1/32
印　　张：4
字　　数：110 千字
版　　次：2024 年 8 月 第 1 版
印　　次：2024 年 8 月 第 1 次印刷
书　　号：ISBN 978-7-203-13526-5
定　　价：29.80 元

快乐读书吧！

张明远

　　读书可以增加乐趣，养成读书的习惯，可以不断地获取人类知识宝库中的珍宝。

　　读书可以与古人对话，使我们知道中华民族五千年的辉煌历史。

　　读书可以使我们知道道，从哪里来和去向哪里去。

　　读书可以提高我们的思想品位，涵养思维，扩大视野，从小书本走向大世界。

　　书籍引着我们人生的航向。 张明远书

历史背景

神话诞生于原始社会后期和阶级社会初期，主要通过超自然的形象和幻想的形式，表达远古先民对自然现象以及人与自然关系的理解。不同神话的特点往往体现了这一文化区别于其他文化的重要特点，对了解世界其他文明有重要意义。

内容提要

在这本《世界神话传说》中，我们选取了世界上较有代表性、影响力与流传范围比较广的七个民族或地区的神话传说。让我们一同走进神话传说的世界，去体会人类对自然的好奇与崇拜、对世界的理解与认识。

快速阅读思维导图

快速了解内容，提高阅读兴趣。

微信二维码

情景朗诵，扫一扫听一听。

美索不达米亚神话传说

快速阅读思维导图

淡水与咸水混在一起产生了生命	→	马尔都克打败进攻的大母神	→	吉尔伽美什离开乌鲁克去寻找永生的秘密
		马尔都克以大母神的尸体创造天地		
		神创造人类及其管理者吉尔伽美什		
		吉尔伽美什因好友恩启都之死悲恸欲绝		

创世纪

鸿蒙之始，天空、大地和人都不存在，乾坤一片混沌，只有极少数的神待在其中。他们分不清自我和外界的区别，命运也尚未确定。这便是世界最初的模样。

随着时间的慢慢流逝，世界开始产生了一些变化。世上最古老的神阿普苏和提亚马特结

🔖 表达方式

叙述：对波斯湾沿岸两河之间的人来说，淡的河水和咸的海水对他们意义重大。

63

旁注

批注点评，视角新颖，扫除理解障碍。

经典形象

的一把钥匙。

北欧神话产生于寒冷贫瘠的斯堪的纳维亚半岛。虽然没有希腊神话那样古老辉煌，却也是欧洲文学的源泉之一，如欧洲民间传说中的巨人、矮人、精灵等为全世界所熟知的神奇生物，都来源于北欧神话。由于北欧神话在流传过程中遭到了基督教信仰的摧残，所以在整体上不如希腊神话深宏广大，也无法正确反映原始北欧人的信仰、习惯和意识形态，但其所具有的区别于世界其他神话的苍凉与悲壮，却也体现了北欧人的严肃与庄重。

流传到今天的北欧神话大部分出自古代冰岛文学名著《埃达》，吟游诗人和古代金石器上的铭文也对北欧神话的保存起到了一定作用。

场景再现

智慧点拨
解析章节主旨，有赏有析，启迪思考。

·回味思考·

世界之树是什么样的？人类居住在世界之树的哪部分？
在本书所选神话中，你最喜欢哪一篇？为什么？

·素材积累·

好词

孕育　无底鸿沟　不竭　和平共处　势均力敌　无垠
炯炯　啃噬　无始无终　衰颓　牢不可破　迫在眉睫

回味思考
知识点测试，查漏补缺，开拓思维。

素材积累
汇集文中好词好句，积累写作材料。

119

精彩篇目

大闹高天原、斩蛇获剑、九色鹿、白鸽女王、吉尔伽美什、辛格比捉弄老北风、诸神的黄昏……

走进神话传说的世界，

体会人类对自然的好奇与崇拜，

对世界的理解与认知……

目录
Contents

日本神话传说

快速阅读思维导图

伊邪那歧命兄妹成婚生下了日本诸岛 → 伊邪那歧命清洗身体生下了三位神 / 三位神分别管理日、夜、海洋 / 素盏鸣尊不愿管理海洋被赶下界 / 素盏鸣尊斩杀八岐大蛇 → 天照大御神之孙奉命下界统治日本

日本的诞生

据说，在远古时代，日本并没有坚硬的大地。那时的日本国土，像一块漂浮在水面上的油脂，又像一团海蜇，在大海中浮游。慢慢地，从这柔软的浮游体中，萌生出一个像芦苇芽那样的东西，这东西化成了神，是一位男神，被称为芦苇神。芦苇神升到天空中的高天原上去，

🔖 **知识拓展**

高天原：日本神话中的天上世界和神所居之处，又指日本民族发祥地（今奈良）。

1

那儿同时还诞生了四位神，它们是：众神之主、生长之神、冥幽之神和永生之神。

五位天神住在高天原上，他们无形无影，非男非女。在此之后又有几对兄妹神诞生，其中最小的一对，哥哥叫伊邪那歧命，妹妹叫伊邪那美命，他们是众神之中最聪明、最美丽的。

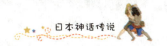

天神命令他俩去修固漂浮着的国土，他们结为夫妇，创造新的土地。众神赐给他们一支镶着美玉的长矛，让他们当作工具。

伊邪那歧命和伊邪那美命站在通往下界的道路——天浮桥上，把长矛探入海中，"咕噜""咕噜"地搅动海水，海水泛起的浪涛将漂浮的国土推到长矛旁边。当他们从水里提起长矛的时候，矛尖上的海水滴落到漂浮的、柔软的国土上，积聚成岛屿，于是便有了坚实的土地，国土就这样诞生了。

创造了国土之后，两位神就沿着天浮桥走到坚硬的大地上来。他们把长矛插进地里，竖起象征着权威的大柱子，叫天之御柱；又建立起朝拜天神的大庙——八寻殿。做完这一切，他们就该结婚了。虽然他们是兄妹，但他们却要装作不认识的样子。于是他们绕着天之御柱走，假装邂逅。

两人一个从左，一个从右，绕过大柱子相遇了。伊邪那美命先开口说道："哎呀呀！我遇到多么好的一个男子！"

伊邪那歧命接着说："哎呀呀！我遇到了多么好的一个女子！"

两个人结婚了，可是，由于女人先讲了话，很不吉利，因此他们生下的第一个孩子是个像水蛭一样软乎乎的怪胎。他俩把怪胎放进芦苇做成的小船里，任它顺水漂走了。

伊邪那歧命和伊邪那美命去请教天神该怎么办。天神让他俩去占卜。占卜的结果指明了原因："上次是因为女人先说话才会有不好的结果，回去重说。"

他们回到天之御柱旁，重新绕柱子。

这一次，伊邪那歧命先说了话，所以他们的婚姻很吉利。

重新举行结婚仪式后，二神先后生下了八岛：淡路岛、伊豫岛、隐岐岛、筑紫岛、伊伎岛、对马岛、佐渡岛和大倭丰秋津岛。此八岛又称作"大八岛国"。此后又生了六个小岛，共计十四个岛。伊邪那歧命与伊邪那美命共同创造的这片国土，又称苇原中国，是相对于高天原和黄泉国而存在的人间世界。

生完国土还要生育诸神。他们生下了房屋神、河神、海神、农业神、风神、原野神、山神、船神、火神等，共计三十五位神。

伊邪那美命生下的最后一个孩子名叫火之

📙知识拓展

苇原中国：日本神话中的人间世界，指日本本土。

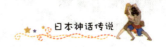

迦具土神，这个孩子生来周身带火，能从口中吐出巨大的火焰，能一瞬间把周围的事物变成灰烬。火之迦具土神一般以火龙的形象出现。伊邪那美命分娩时也被儿子的火焰烧伤，卧床不起，不久便病死了。

伊邪那美命死后，伊邪那歧命非常悲伤，他匍匐在女神的枕边，又匍匐在女神的脚旁。当他悲痛地哭泣时，他的泪水化成了一位女神，名叫泣泽女神。她是一个生性爱哭的女神，后来居住在香具山脚下的木本地方。

死去的伊邪那美命被埋葬在出云国和伯耆国交界的比婆山上。

安葬了妻子之后依然悲愤不已的伊邪那歧命拔出所佩带的十拳剑，走向他的儿子，同时也是他的杀妻仇人的火之迦具土神，这位天神在父子亲情和夫妻爱情之间断然选择了后者。

"虽然你是我的孩子，但也不可饶恕！"说罢，他便一剑挥出。

于是火之迦具土神就这样被父亲斩于剑下，他的血溅在石上、流入地下。

沾上他的血迹的石头、泥土，以及火之迦具土神尸体的各个部分，又化成了十个神。

> **知识拓展**
>
> 香具山：即今日本奈良县天香山。

> **知识拓展**
>
> 十拳剑：拳为日本古代的长度单位，一拳约为四指宽。由于一拳又等于一握，因此十拳剑又名十握剑。

世界神话传说

火之迦具土神被杀死时溅出的血化为石拆神及暗御津羽神等八个神。

而那柄十拳剑，叫作天之尾羽张，又名伊都之尾羽张。尾羽张是锋利之意；伊都是威严之意。

杀了儿子，虽然解了心头之恨，但悲哀仍然萦绕着伊邪那歧命。他决定到阴间去把妻子找回来。

夫妻反目

> **知识拓展**
>
> 黄泉国：日本神话中黑暗的地下世界，凶神所居之处。一说是指出云（今岛根）、伯耆（今鸟取）之地，一说是指月界。

伊邪那美命离开这个世界之后，就到黄泉国去了。

伊邪那歧命把伊邪那美命安葬在比婆山上后，便也追到了黄泉国。伊邪那美命得知丈夫前来，从大门紧闭的黄泉国大殿内迎了出来。

伊邪那歧命对伊邪那美命说道："我们共同创造的国土尚未完成，无论如何请随我回到世上来吧。"

伊邪那美命对伊邪那歧命说："你怎么不早点来接我呢？我已经吃了黄泉国的饭食，无法回去了。不过，你特地来接我，我还是与黄

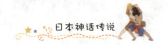

泉国众神商量一下，看能不能随你回去。但在这期间你不许偷看。"

说完，伊邪那美命返回大殿，伊邪那歧命则等候在石门外。

过了许久，还不见伊邪那美命出来，伊邪那歧命渐渐焦躁起来，终于按捺不住，便取下插在左耳鬓的多齿木梳，将它最粗的一齿折断，制成火把，举着它悄悄进入大殿。借着火光一看，只见伊邪那美命浑身流脓，满身都是蛆。伊邪那歧命惊恐万分，拔腿而逃。

伊邪那美命被丈夫看到了丑陋的形象，懊恼不已，便立即派女鬼去追。眼看着女鬼很快便要追上了，伊邪那歧命急中生智，把自己头上戴的黑木藤圈朝身后扔去，那藤圈即刻化作一片野葡萄林。女鬼嘴馋贪吃野葡萄，伊邪那歧命便趁机跑远了。

女鬼吃了野葡萄后，又紧追上来。这次伊邪那歧命取下插在右耳鬓的木梳，将梳子齿掰断扔向身后，霎时身后长出鲜笋。在女鬼贪吃鲜笋之际，伊邪那歧命又跑远了。

最后，由伊邪那美命身体各部分生成的八雷神，率领黄泉国兵追杀而来，伊邪那歧命拔

表达方式

语言描写：历来故事中只要叫人不要做什么，此人最终必定会做这件事，做了之后还会有不好的结果。只是不知是什么不好的结果。

7

腿便逃，一直跑到黄泉国与苇原中国的分界处比良坂。伊邪那歧命从长在比良坂的桃树上摘下三个桃子，朝身后掷去，没想到黄泉兵见了桃子，一下子便四散而逃。

伊邪那歧命感激地对桃子说："谢谢你们帮助了我。今后，生活在苇原中国的人们若身处困境，还请多帮助他们。"

自此凡间便流传着桃木辟邪的说法。

几次追杀都失败了，伊邪那美命便亲自追来。伊邪那歧命推来一块千斤巨石挡在路中间。伊邪那美命无法前行，愤愤地说道："既然如此，我将每天杀死一千名你的国人。"

伊邪那歧命答道："要是那样，我就每天建 1500 个产房，每天将诞生 1500 个婴儿。"

因为这个缘故，每天都有 1000 人死去，每天又都有 1500 人诞生。

人们也都开始管伊邪那美命叫黄泉津大神。

涤身生神

伊邪那歧命回家之后，总是忘不掉在阴间看到的伊邪那美命腐烂的情景，似乎时时都能

闻到阴间腐恶的臭气，他决定举行一个涤身仪式，清除从阴间带回来的丑恶和污秽。他来到高原上，准备在那里举行涤身仪式。

他扔掉了去阴间时拄的手杖、穿的衣裳、戴的帽子和一切饰物，又在大河里清洗了身体、双眼和鼻子。

他扔掉的东西和从身体上洗下的污秽，分别化成了二十三个平安之神和灾难之神。

最后，他清洗左眼的水化成一位女儿，取名叫天照大御神，又名天照大神；清洗右眼的水化成的神是个儿子，取名月读尊，又叫月读命；清洗鼻子的水化成的神也是个儿子，取名叫素盏鸣尊。这三个孩子十分美丽，而且聪明颖慧。伊邪那歧命高兴极了。他说："我生了这么多孩子，最后终于得到三位贵子。"

天照大御神有着灿烂的金色脸庞，散发着温暖的光芒。伊邪那歧命取下自己脖子上戴的勾玉串，摇得叮当作响，赐给天照大御神，对她说："去治理高天原！"天照大御神就到天上去做了日之神。

月读尊有着银白色的脸庞，散发着柔和的光辉。伊邪那歧命对他说："去治理夜之国！"

> **知识拓展**
>
> 涤身仪式：修禊仪式的一种，取涤旧荡新之义。是从中国传入日本的。

9

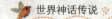

月读尊就到天上，做了夜之国的月之神。

三子素盏鸣尊不如他的姐姐、哥哥漂亮，但也很好看。伊邪那歧命对他说："去治理海洋！"说完，伊邪那歧命就离去了。

大闹高天原

天照大御神和月读尊按照父亲的吩咐去上任了，只有素盏鸣尊不肯去治理海洋。他一屁股坐在地上，哭了起来。姐姐和哥哥都去了天上，只让他到那动荡的、冰冷的、深不可测的大海里去，不是太不公平了吗？他下决心不受父命，宁肯去黄泉国与母亲待在一起，也不愿去大海里掌管海浪和鱼虾。

伊邪那歧命听见素盏鸣尊的哭声，知道他在闹别扭，也不去管他，心想，他哭一阵自然会收敛泪水，去做海洋之神的。

谁能料到，素盏鸣尊竟如此能哭！

素盏鸣尊从出生哭到胡须长到八拳长还不肯停止。看样子，不哭倒青山、哭干大海，他是不会作罢的。他的哭闹声充斥宇宙，到处嗡嗡嘤嘤，像夏日里的苍蝇一样讨厌，许多灾祸

> **🔴 表达方式**
>
> 叙述：神明从一诞生开始就具有健全的人格，但素盏鸣尊却有着与其他神明不同的小孩脾气。这样的神会做出什么事来？又会对世界造成什么影响呢？

因此而起。

于是伊邪那歧命只好来问儿子："停止你的哭泣，素盏鸣尊。你为什么不去治理你的海洋，却在这儿痛哭？"

素盏鸣尊回答说："我不想去大海，我宁愿去母亲居住的黄泉国，所以才哭泣。"

伊邪那歧命闻言，想起黄泉国里受惊的一幕幕和绝情的妻子，勃然大怒。他吼道："那你不要再住在这个国土上，滚到阴间去吧！"

素盏鸣尊擦干眼泪，说："这么说，我可以不去海洋了？好的，我去向姐姐辞行，然后就到阴间去找母亲。"说完，他就飞升上天，找天照大御神辞行去了。

随着素盏鸣尊上天，山河发出隆隆巨响，大地如发生地震般晃动起来。

天照大御神听说弟弟素盏鸣尊正朝高天原而来，很吃惊，心想："素盏鸣尊上天绝没安好心，他一定是不满足于治理海洋，而来夺我的国土的。"于是，她解开自己的头发，分左右束在两耳边，身穿男装，在发髻和手腕上佩戴了玉串，背箭持弓，严阵以待。

素盏鸣尊来到高天原天照大御神面前，天

艺术手法

前后照应：前面的经历对伊邪那歧命造成了巨大的心理阴影，因此一听此话便发怒，也很好地说明了为什么他不再管这个儿子。

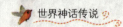

照大御神冲弟弟问道："你来高天原做什么？"

素盏鸣尊回答说："我来姐姐这里，绝无恶意。只是刚才父亲问我为何哭泣，我回答说想去母亲所在之国，父亲便生气地将我赶出来。我想在去母亲那里之前，跟姐姐道别。"

"你嘴上说得好听，谁知道你心里是怎么想的？怎么证明你是心地纯洁的？"

"让我们二人在神的面前起誓，用身上所佩之物生子，若生女则证明心地清纯，若生男则说明心怀叵测。"

立誓已毕，天照大御神与素盏鸣尊隔着高天原上的天安河相对而立。天照大御神先取下素盏鸣尊腰间所佩的十拳剑，折为三段，在天安河畔的天之真名井里洗干净，然后放到嘴里嚼碎，"噗"的一声吐出来。随着吐出的气息，生成了三位女神。

轮到素盏鸣尊，他取下天照大御神左边发鬓上佩戴的玉串，也用天之真名井的清水洗净，放在嘴里嚼碎，"噗"地吐出，随着吐出的气息，一位男神诞生了。他就是正胜吾胜胜速日天之忍穗耳命。接着，用天照大御神右边发鬓上的

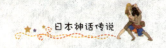

玉串、束前额发的玉串、戴在双手上的玉串也各生得一子，皆为男神。

天照大御神对素盏鸣尊说道："后生的五子，由我身上的玉串生成，应是我的孩子；先生的三女，由你身上佩戴之物所生，应是你的孩子。"

素盏鸣尊听此一说，非常高兴："我生的都是心地善良的女孩，可见我是心无恶意的。这场赌誓我胜了！"

乘着高兴劲儿，素盏鸣尊胡闹起来。天照大御神不但没责备弟弟，还为他开脱。可素盏鸣尊爬上织机房屋顶，揭开一个洞，把剥了皮的斑马自房顶投掷下去。正在织衣的一位织女受惊吓过度，手中的梭子掉下正好刺中了心脏。

这次，天照大御神也不禁惶恐起来，躲进天岩屋中，将石门紧闭。太阳神躲进了洞穴中，于是天上地下一片漆黑，长夜漫漫，不见白昼。众神也乱作一团。各种灾祸不断发生。

于是八百万神让最有智慧的思金神想对策。思金神召来许多长鸣鸡，让它们在天岩屋前引颈长鸣，又让人采来天安河上的坚硬岩石和天金山的铁矿，找来锻冶匠天津麻罗和伊斯

13

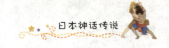

许理度卖命制作一面大镜子——八咫镜。又让玉祖命制作勾玉串。最后派人将天香山的一株枝繁叶茂的真贤树连根掘起，用勾玉串点缀上面的树枝，把八咫镜挂在中间的树枝上，再将楮树皮制成的棉布和麻布垂挂在下面的矮枝上，由布刀玉命举着它，天儿屋命唱庄重的祝词，大力神天手力男则隐蔽在天岩屋的石门旁。

　　一切准备就绪。天宇受卖命取天香山的萝蔓为吊袖带，将两袖高高吊起，又以天香山的葛藤束住头发，手里拿着一束天香山的脆竹叶，将空桶倒扣在天岩屋前，伴着长鸣鸡的啼叫，踩着空桶跳起舞来。舞到极兴，如神魂附体。这番狂舞引得八百万神哄笑不已。

　　躲在天岩屋的天照大御神，听到外面众神的哄笑吵闹，深感诧异。她忍不住将石门悄悄推开一条细缝，向外窥视，见天宇受卖命正舞得起劲，便问道："我以为我躲了起来，高天原和苇原中国便会漆黑一片。你们怎么这么快乐？天宇受卖命为何在此起舞？"

　　天宇受卖命回答说："因为来了位比您更尊贵的神，大家为此而欢欣雀跃。"

> **⚡ 表达方式**
>
> 叙述：思金神究竟想做什么呢？引起读者的阅读兴趣。

15

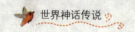

就在天宇受卖命答话之际，天儿屋命和布刀玉命将八咫镜举到天照大御神面前，请她看。天照大御神觉得新奇，就慢慢走出门来想凑近细看。

这时藏在门边的天手力男一把抓住她的手，把她拉出天岩屋。布刀玉命随即绕到天照大御神身后，将稻草绳挂在了天岩屋的石门上。由于天照大御神重现，高天原和苇原中国也重新布满了阳光。

斩蛇获剑

高天原归于平静后，众神商议让素盏鸣尊拿出众多物品来赎罪，并剪掉他的长须，拔去他的手指甲和脚指甲，以示惩戒。最后，将素盏鸣尊逐出了高天原。

于是素盏鸣尊离开天界，来到出云国境内肥河上游的鸟发地方，他站在肥河岸边思忖着该去往何方。

这时，一双筷子自上游漂到眼前。

"咦，这不是人吃饭用的筷子吗？上游一定有人家。"

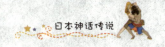

素盏呜尊朝筷子漂来的方向走去。

不久，看到一老翁和一老妪围坐在一少女身边，三人执手相泣。少女看上去约十六七岁，清秀可人。

素盏呜尊觉得奇怪，便上前问道："你们是什么人？发生了什么事？"

那老翁见有人相问，便起身回答说："我是土神大山津见神的儿子，统治这片国土，名叫足名椎，妻子叫手名椎，膝下一女名叫奇稻田姬。"

"那你们为何事而哭泣？"素盏呜尊又问。

老翁深深叹了一口气，回答说："先前我们夫妻共有八女，一家人和睦地生活着，可在离这儿不远的高志地方，住着一个叫八岐大蛇的怪物，每年来此吞食我的一个女儿。今天又到了那怪物出现的时候了。一想到最后这个女儿也要被吃掉，我就不禁悲伤万分，忍不住哭泣。"

"那个叫八岐大蛇的怪物，是何模样？"

"它长得非常可怕。它的眼睛血红如酸浆果，生有八头八尾，身上覆盖着绿苔，还长着桧杉。身体硕大无比，可蜿蜒于八个山谷和八

> **知识拓展**
>
> 土神：日本神话将高天原上的神及高天原上随天孙降临的神称为天神；而在天孙降临之前就存在于苇原中国的神称为土神。

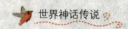
个山岗之间，它的腹部糜烂，总是滴血水。"老翁描述着，身体不断地发抖。

素盏鸣尊听罢，毫无胆怯的模样，对老翁说道："别怕，让我来制服这个怪物。不过，你能把你的女儿嫁给我吗？"

老翁答道："若能惩治那个怪物，自当把小女献上，只是还不曾请教尊姓大名。"

素盏鸣尊答道："我是天照大御神的胞弟，刚从天界下来。"

老夫妇大吃一惊："没想到您的身份竟如此尊贵，我真是失敬得很，这就将小女献上，让她随侍您吧。"

于是素盏鸣尊当即将奇稻田姬变成一把小而多齿的梳子，插在自己的发间，又吩咐足名椎、手名椎道："你们二位快去酿八酿酒，筑起一圈篱笆墙，在墙上留出八个洞，洞前搭八个放酒盏的架子，在架子上放一酒器，里面装满酿好的八酿酒。"

老夫妇立刻忙碌起来，很快便依照吩咐做好了准备。

没过多久，八岐大蛇果然来了。它嗅到酒香，便将八个脑袋伸进八个酒器中。即便是八

岐大蛇，也抵不住八酿酒的酒力，一会儿便醉了，八个脑袋耷拉在地上沉沉睡去。

素盏鸣尊拔出腰间佩带的十拳剑，将八岐大蛇的八个脑袋一一割去，将身子切成几段，又依次割去大蛇的八条巨尾。大蛇身上流出的血水把肥河都染红了。

当素盏鸣尊砍到中间的那条尾巴时，"铿"的一声，宝剑被弹了回来，剑刃崩掉了一块。素盏鸣尊深感诧异，用剑尖将尾巴纵向剖开，一把太刀呈现在眼前。素盏鸣尊取出太刀，觉得此物非同寻常，后来将它献给了天照大御神。此刀即是丛云剑。

素盏鸣尊惩治了八岐大蛇后，便准备同奇稻田姬成婚。他寻游出云国各地，选择建造新婚宫殿的地点。当他来到须贺时，忽觉神清气爽，于是决定在须贺建造宫殿。

开土动工之时，有祥云自地上升腾而起，据说这就是"出云国"的来历。

宫殿落成后，素盏鸣尊与奇稻田姬成婚，从此子孙兴旺，香火不绝。

素盏鸣尊在须贺住了很久，后来还是到黄泉国他母亲那里去了。

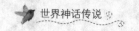

天孙降临

　　天照大御神与素盏鸣尊在天安河盟誓时所生的儿子正胜吾胜胜速日天之忍穗耳命十分受天照大御神的喜爱。天照大御神便想叫他去治理苇原中国，做苇原中国的主人。为此，她特意派了许多神下界，平定了苇原中国的所有土神。

　　就在天之忍穗耳命即将降临苇原中国的时候，他的妻子为他生下了第二个儿子，名叫天津彦彦火琼琼杵尊，又叫天迩岐志国迩岐志天津日高日子番能迩迩艺命。

　　天照大御神和天之忍穗耳命都十分喜爱琼琼杵尊，天之忍穗耳命便请求天照大御神改让琼琼杵尊降临苇原中国，于是天照大御神便委任琼琼杵尊去统治苇原中国。

　　当时统治苇原中国的是素盏鸣尊之子大国主神，苇原中国正是在他的治理下才日渐繁荣起来的。他的功劳很大，但他也无法反对天照大御神的决定，只得将苇原中国让了出来，自己跑到不知名的山里隐居去了。

天照大御神便对琼琼杵尊说："你去治理苇原中国吧。"

然后天照大御神便赐了琼琼杵尊八尺琼勾玉、八咫镜、天之丛云三神器，又派了思金神、天手力男和天宇受卖命一同去辅佐琼琼杵尊。

在琼琼杵尊临行之时，天照大御神为他送行，并发布神敕说：

苇原千五百秋之瑞穗国，是吾子孙可王之地也。宜尔皇孙，就而治焉。行矣。宝祚之隆，当与天壤无穷者矣。

于是琼琼杵尊便坐着一张铺着锦被的大床飘飘然地降临到了人间日向国的高千穗峰。

就这样，琼琼杵尊的子孙世世代代统治着日本，他的曾孙就是日本传说中的第一位天皇——神武天皇。天照大御神所赐的三神器也成为天皇万世一系至高无上的象征。

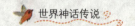

世界各国文明都有丰富的经典神话。日本神话研究的集大成者松村武松在他的《民族性与神话》一书中指出，各民族的神话都以其民族性和民族精神为基础，因而各具特色。而与其他民族的神话相比，日本神话具有更加明显的国家性质。

我们现在所能看到的日本神话主要来自日本最早的两本史书，即《古事记》和《日本书纪》，合称"记纪"。《古事记》三卷由太安万侣根据稗田阿礼背诵的《帝纪》和《旧辞》编写而成，成书于元明天皇和铜五年（唐睿宗太极元年，公元712年）。《帝纪》和《旧辞》是日本古代氏族的传承文字。《日本书纪》三十卷成书于元正天皇养老四年（唐玄宗开元八年，公元720年），由一品舍人亲王等编撰。"记纪"编写之初，日本刚刚走出一次内乱，因而亟须确立天皇统治的理论根据，并提高日本相对于中国的地位。这样特殊的成书背景，也使其中既有原始日本人的思想意识和生活习俗，又有中国文化的内容，以及编者的杜撰。

回味思考

伊邪那歧命、伊邪那美命各自有着怎样的性格特点？

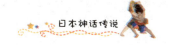

素材积累

好词

邂逅　辟邪　深不可测　心怀叵测　长夜漫漫　枝繁叶茂

欢欣雀跃　思忖　糜烂　牟拉　神清气爽　至高无上

好句

那时的日本国土，像一块漂浮在水面上的油脂，又像一团海蜇，在大海中浮游。

素盏鸣尊从出生哭到胡须长到八拳长还不肯停止。看样子，不哭倒青山、哭干大海，他是不会作罢的。他的哭闹声充斥宇宙，到处嗡嗡嘤嘤，像夏日里的苍蝇一样讨厌，许多灾祸因此而起。

印度传说

快速阅读思维导图

| 善良的老人和忘恩负义的落水者 | → | 老人连续四次把面包送给乞丐
山中暴雨成灾，九色鹿救下溺水者
溺水者告密，九色鹿被捉
九色鹿陈述救人之恩，国王动容 | → | 布拉赫玛被感动，赐予面包树的种子 |

面包树

茂密的森林旁边有一间简陋的小茅屋，住着一位老人和他的儿子，还有一个用人和一条狗。

他们与世无争，过着清贫的日子。布拉赫玛这位慈悲之神看到了他们被穷困煎熬的情形。就在那时，印度那干旱得快要燃烧起来的土地，

迎来了瓢泼大雨。

滂沱大雨不停地下着，茅屋里的人们只好守在家里。因为储存的食物所剩无几了，旧箱子里只有四个面包，所以他们盼望暴雨能够停下来，地里能长出新的果实。

夜里，风刮得更急，雨也下得更大了。小屋里的几个人围桌而坐，狗睡在主人的脚边。这时，屋外传来一阵急促有力的敲门声，用人出去打开了门。

进来的是一位乞丐，他想要一点儿面包吃。老人仔细地看了看面包箱之后对用人说："把我的面包给他吧，他比我年龄大，比我更需要面包，他甚至连一个遮风挡雨的地方都没有啊！但愿布拉赫玛保佑我们。"用人面带愠色，拿了一个面包递给那个乞丐，乞丐向他们祝福后走了。

七天之后，剩下的面包更少了，那个乞丐又来要东西，老人沉思片刻，对用人说："你可以把你的面包给他，如果你帮助不幸的人，布拉赫玛一定会赐福给你的。"

用人拿来面包，和颜悦色地送给了乞丐。

大雨下个不停，又过了七天，那个乞丐又

🖊 **表达方式**

叙述：风雨交加的夜里，会是谁在敲门呢？这位神秘的来访者又是为了什么事而来的呢？激发读者的阅读兴趣。

🖊 **人物形象**

前文提到，老人家中只剩下四个面包，暴雨不停，就得不到新的粮食。如此珍贵的食物，老人却愿意将自己的那份让给乞丐，多善良啊！

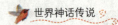

来要面包，他的身体已经瘫软无力了。

老人说："把我儿子的面包给他，这样可以让孩子学会帮助别人。"

用人忧心忡忡地把面包送给了那个乞丐。乞丐眼里含着感激之泪走了。

暴雨仍然下着，天空乌云密布，如同黑夜。乞丐第四次来叫门，请求再给他一点儿吃的。

老人说："我们只剩下给狗留下的那份面包了。布拉赫玛赐福，让我们能尽力减轻一下这位兄弟的贫困多好啊！把留给狗的面包给他吧，如果狗明白这是一件好事，它也会感到高兴的。"

用人听从了老人的话，十分安静地把面包送给了乞丐。当乞丐叫出用人的名字，并向他祝福时，他大吃一惊。同时，只见那个乞丐变了样，脏衣服从他那瘦骨嶙峋的身上脱落了，金光闪闪的光环笼罩着他，使他展现出永不消失的青春活力，他就是布拉赫玛。他走到用人身边，把一颗像巴旦杏那样大的种子给了他，并且说：

"把这粒种子交给你的主人，让他种上。它会长成一棵大树，结许多的果子，你们就再

精彩情节

故事一开始，就写到布拉赫玛这位慈悲之神看到了老人一家被穷困煎熬的情形，之后神秘的"乞丐"就敲响了老人的家门，请求一点儿面包。其实，这一切都是对老人的考验，老人一家的人品得到了慈悲之神的认可，布拉赫玛就现出真身了。

也不用挨饿了。这是布拉赫玛对你们肯帮助不幸之人的奖赏。"

用人惊讶万分，返回屋里，把种子交给主人，并讲了刚才发生的事情。他们走出屋子，但没有看见神的踪影。主人拿着种子，种在一座小山上，然后向布拉赫玛致谢。

天空立即降下一阵甘雨，落在刚刚种下种子的那个地方。那里立即长出了一株又直又壮的树苗，转眼间又长成了一株异常巨大、神奇的大树。

在树枝中间露出了四个果子，那是四个巨大的面包，又松软又鲜美。面包树就是这样在印度出现的，这是布拉赫玛对他热爱的人民的慷慨恩赐。

九色鹿

在恒河之畔的森林里，栖居着一只神奇的九色鹿。它漂亮极了，毛分九色，角像雪一样白。当晨光照着它的身体时，它的身体泛出美丽的光彩。

　　它善良而自由，带领着群鹿在水草丰茂的
恒河之畔恬静地生活。它与一只鸟友好相处，
它们是最知心的朋友。

　　一年夏天，山中连日暴雨，河水泛滥成灾。
九色鹿与群鹿正在觅食时，忽然听见河中有人
狂喊救命，一个落水者浮浮沉沉，两手挣扎扑棱。
在浪头翻滚之间，那人正巧抓到一根漂浮的树
干，但眼看着已没劲儿游到岸边。

九色鹿奋不顾身地跃入水中,费尽全力游到那人身边:"来,别害怕,抓住我的角,骑到我的背上,我驮你到岸上去!"

落水者费力地按九色鹿的吩咐做着,九色鹿则努力游水趋近岸边。水中顺流而下的树干撞击着九色鹿的身体,九色鹿被撞得遍体鳞伤,但最后终于上了岸。

"太感谢你了!我的这条命是你救回来的,我愿意留下来终生为你效劳,听候差遣。"落水者缓过劲儿来后跪在沙滩上说。

"我救你不是为了你的报答,你不必客气。你只需答应我一桩事就可以,那就是不要将遇到我的事向任何人透露。"

"哦,我的救命恩人,这没有问题,我一定会按你的要求做。"就这样,落水者离开了森林。

就在这一天晚上,王后做了一个梦。她梦见森林里有一头十分漂亮的鹿,它的毛有九种颜色,角洁白如雪。

王后对梦里的鹿念念不忘,便跟国王描述了她的梦。"国王陛下,九色鹿一定是真实存在的,我想拥有这九色鹿的皮毛和角。它的皮

毛可以做最好的坐垫，它的角可以做拂尘的柄。请陛下一定设法弄到那头鹿，否则我会卧床不起、命归西天的。"

国王实在耐不住王后的软磨硬泡，一张重赏捉捕九色鹿的告示张贴出来。告示上说："捉到九色鹿的人，国王将赏赐他盛满银粒的金钵。"

贪婪的心总是驱使人们做忘恩负义的事。那个落水者听说国王要重赏捉到九色鹿的人，邪念顿起，他忘记了自己的誓言，居然急不可待地去向国王报告九色鹿的所在。

"尊敬的国王陛下，我知道九色鹿在哪里，我可以带人去捉九色鹿。"他的话音一落，满头满脸长了一层癞疮。

而国王既然得到了九色鹿的消息，立即亲率大队人马向森林进发。那人在队伍中得意扬扬，一想到九色鹿落网之后他能得到丰厚奖赏，就忍不住笑起来。

九色鹿的好朋友——那只鸟看到远处的滚滚烟尘，预感到九色鹿的处境不妙，它急匆匆地飞进林子告知九色鹿。无奈九色鹿实在疲倦，睡得正沉，等到鸟用嘴啄它的耳朵把它唤醒时，一切似乎已晚，九色鹿被团团包围了。

🔥 主题点拨

贪婪的落水者最终没有抵抗住诱惑，做了忘恩负义的事情，并且话音刚落就受到了惩罚。这一情节告诫读者不要背弃帮助过自己的人。

国王的人马在统一的号令下张弓搭箭准备射击。此时，九色鹿走到国王面前说："请不要射我，我有话要说。"

国王被九色鹿的气质震慑了，他立即阻止弓箭手，暗想："这头鹿真不同凡响，莫非是天神的化身？"于是，他说："你有话就说吧！"

"陛下，我对贵国的人有大恩，贵国怎么可以恩将仇报呢？"九色鹿说。"什么大恩呢？"国王问。

九色鹿微笑着说："我从泛滥的河水中救了一名溺水的男子，所以，对贵国的人有救命之恩吧。"九色鹿转而又问，"陛下，是谁说我在这里的呢？"

国王回头指着队伍中的落水者说："就是他。"

九色鹿看见就是自己搭救的溺水人，不禁流下眼泪，它对国王说："陛下，我不顾惜自己的生命搭救的就是这个人。我原不想说出这件事的，但他竟没有一点儿良心和信义。昨天他还信誓旦旦地说要终生报答，今天却带人来捕杀我。我怎么能不伤心呢？我救了他，却还不如从水中捞起一块木头啊！"

> **人物形象**
>
> 国王能感受到九色鹿展现出的惊人气质，并联想到天神，愿意听它讲话，说明国王理智尚存，还不是一个十足的坏人。

主题点拨

这篇神话的结局是美好的，因为国王对九色鹿的善意和保护，使整个国家的人民都可以享受安定幸福的生活，体现了惩恶扬善的神话主题。

国王听后，大感惭愧。所有的人都以厌憎的表情盯着那个落水者。

"你受过人家的大恩惠，怎么可以如此恩将仇报？小人啊！"国王斥责着那人。随后，他诏告天下："从今以后，任何人不得伤害九色鹿，违者诛五族。"

九色鹿仍过着自由自在的生活，远近的鹿都来投奔它，它们愉快地生活在恒河边上。这个国家也变得风调雨顺，安和祥乐。

文明的发源总少不了河流的身影，印度神话的形成也与两条重要的河流密切相关，一条是古印度文明最初的起源——印度河，另一条则是《九色鹿》故事中提到的，被印度人尊为"圣河"的恒河。

印度河文明时期的神话，多表现的是对自然力量与生物的崇拜。后来，随着恒河流域文明兴起，《吠陀经》问世，印度出现了更为系统的神话体系。而我们所熟知的婆罗门教与佛教故事，也对印度神话产生了一定的影响。《九色鹿》讲述的就是佛教创始人释迦牟尼前生本为一只九色鹿，教化众生、普行六度的事迹。

总体而言，印度神话传说繁杂宏大，包含数量众多的神祇，众神之间关系复杂，且与宗教关系密切，是印度文化与社会的重要组成部分，也反映了印度人的信仰、价值观与丰富的想象力。

回味思考

《面包树》中的老人心地善良，得到神的祝福，《九色鹿》中的落水者忘恩负义，遭到众人的厌憎，这两个故事共同反映了一个怎样的道理呢？

素材积累

好词

与世无争　清贫　瓢泼大雨　和颜悦色　瘫软无力
忧心忡忡　瘦骨嶙峋　栖居　恬静　奋不顾身　遍体鳞伤
信誓旦旦　风调雨顺

好句

就在那时，印度那干旱得快要燃烧起来的土地，迎来了瓢泼大雨。

天空立即降下一阵甘雨，落在刚刚种下种子的那个地方。那里立即长出了一株又直又壮的树苗，转眼间又长成了一株异常巨大、神奇的大树。

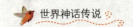

亚述神话

快速阅读思维导图

塞米拉米丝被迪丽基吐神遗弃	→	白鸽养大了塞米拉米丝	→	塞米拉米丝被篡夺王位，变成白鸽
		塞米拉米丝嫁给将军，并立下战功		
		塞米拉米丝成为王后		
		塞米拉米丝除掉国王，自己当了女王		

知识拓展

幼发拉底河发源于土耳其安纳托利亚高原和亚美尼亚高原山区，是西南亚最大的河流。它与底格里斯河共同界定了美索不达米亚地区，也就是"两河流域"。

白鸽女王

很久以前，幼发拉底河洪水暴涨。恶浪滔天的水面上漂浮着一只巨大的白色鸟蛋，鸟蛋一下子被抛到空中，一下子又被卷入水底。有两条大鱼发现了这只鸟蛋，它们用尽平生力气将鸟蛋送到岸上。这时，有一只白鸽飞了过来，把蛋抢救到了安全的地方。

白鸽并没有离开，而是蹲下来孵蛋。几天后，蛋壳裂开了，从里面走出一位美丽的人脸鱼身的少女，她就是迪丽基吐神。迪丽基吐神漂亮活泼，天神们都很喜欢她。渐渐地，迪丽基吐神成了宇宙间公正、智慧、美德的象征。天神们很欣赏她，答应满足她一个愿望。

迪丽基吐神很想要一个孩子，于是她便生下了一个女孩。这个女孩和她妈妈不一样，她完全是人形，脸上还有一双明亮的大眼睛。

迪丽基吐神虽然喜欢女儿，但是听到其他女神的质疑、诽谤，她便在一个夜里将女儿遗弃了。尼尼微的主神巴维斯在巡视大地时，看到了这条被遗弃的生命，于是他派使者耶布到地上去保护她，还派了一群白鸽当这个女孩的奶妈。

白天，白鸽们用翅膀给女孩挡太阳；晚上，它们用翅膀给她挡风寒。另外几只白鸽轮流飞进牧人的房子，含几滴牛奶送到女孩的口中，给她充饥解渴。

几年过去了，女孩逐渐长大，白鸽们开始寻找奶酪给她吃。有一天，牧人发现奶酪上有鸽子的痕迹，于是他跟随白鸽发现了这个女孩。

知识拓展

尼尼微是亚述帝国的国都，城市规模庞大，盛极一时。

表达方式

叙述：小女孩居然是靠白鸽们养大的，这让她对白鸽产生了特殊的情感，也给后文女孩化身白鸽埋下了伏笔。

牧人被女孩的美貌惊呆了，他马上把女孩抱回了家。其实，他是想等女孩长大一点儿，把她带到尼尼微的婚姻市场上去卖个好价钱。牧人给女孩取了个名字，叫塞米拉米丝，意思是小白鸽。

尼尼微有一个婚姻市场，每到盛大的婚姻节，男人们从四面八方赶到这里，物色中意的对象。

塞米拉米丝长大了，牧人将她带到婚姻市场。塞米拉米丝一到市场便被王家卫队队长西玛看中。他与牧人谈好价钱后，便把塞米拉米丝买走了。

西玛无儿无女，他的妻子也很喜欢塞米拉米丝，于是收她做女儿，养在家中。

一年春天，米努吐斯将军来到西玛家，无意中看见塞米拉米丝，他被这位美丽的少女迷住了。塞米拉米丝把自己的身世告诉将军，将军非常同情她。将军和西玛商量了一下，给了西玛一笔钱，把塞米拉米丝带回了自己家。

将军决定娶塞米拉米丝为妻，不久，他们就举行了盛大的婚礼。婚后，将军对塞米拉米丝百依百顺，塞米拉米丝也处处满足将军的要

> **表达方式**
>
> 叙述：文中多次强调塞米拉米丝的美丽，为后来将军与国王都对她言听计从，人民也认为她是女神下凡做了铺垫。

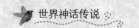

求，这样，她完全取得了将军的信任。

不久，国王打算开拓疆土，于是他亲自率领一支军队向敌国边境开去。大军一路势如破竹，不料却在攻打敌国首都巴克吐利城时受到阻碍。

巴克吐利城地势险要，城墙高大坚固，易守难攻。国王见攻不下，怕时间久了国内发生变故，因此打算撤兵。

这时，米努吐斯将军思念妻子，便秘密派人回去接塞米拉米丝。塞米拉米丝女扮男装，偷偷地来到军中。

黎明时分，塞米拉米丝放眼看了一下巴克吐利城，她发现国王的军队只知道正面进攻，而没有想到从两侧发动攻势。这时，塞米拉米丝有了一个大胆的念头，她打算率领一支精锐部队从侧面高处袭击巴克吐利城，把敌人打个措手不及。

塞米拉米丝走进军帐，说服了丈夫。当太阳升起来的时候，巴克吐利城侧面高处突然遭到猛烈的进攻。国王、将军和余下的士兵都紧张地注视着巴克吐利城，时间一分一秒地过去，最后塞米拉米丝出现在对面城墙上。她站在那里，微笑着向这边招手。巴克吐利城就这样被美丽的塞米拉米丝攻陷了。

见此情形，国王非常兴奋，他指着塞米拉米丝问将军："城上的女人是谁？"

将军觉得头上响起了闷雷，他知道自己美丽勇敢的妻子已经引起了国王的注意。将军本想蒙混过关，但在国王穷追不舍的逼问下，他只好说出实情。

国王回到王宫后，立即召见塞米拉米丝。塞米拉米丝站在国王面前，亭亭玉立，是那么美，国王被迷得神魂颠倒。

国王下令，封塞米拉米丝为王后，将军如果愿意再娶，可以将公主许配给他。米努吐斯将军听到这个消息后抑郁而终。塞米拉米丝则当了王后，权力和虚荣都拥有了。

塞米拉米丝很快就抓住了国王的心。国王像米努吐斯将军一样，对塞米拉米丝言听计从。

不久，塞米拉米丝生下了一位小王子，她的地位进一步得到了巩固。渐渐地，塞米拉米丝真正地掌握了王宫的权力。国王一刻都离不开她，就是在战场上，也要塞米拉米丝跟在身边。

国王总是以极端残酷的手段对待敌人，而

艺术手法

前后照应：塞米拉米丝能在攻打敌国首都巴克吐利城的战役中，发现敌人的弱点，攻陷城池，就说明她具有相当优秀的军事才能。国王在战场上都要她跟着，也就合情合理了。

由白鸽养大的塞米拉米丝热爱和平，她非常痛恨国王的这种行为。因此，她要不惜一切代价除掉国王。

塞米拉米丝知道国王已经离不开自己了，于是故意疏远国王，这让国王非常痛苦。为了讨得塞米拉米丝的欢心，国王甚至差点儿跪下来。塞米拉米丝见时机已到，便对国王说："你必须让我掌权三天，这三天里，连你也要听从我的命令。"

国王觉得塞米拉米丝只是开玩笑，因此毫不犹豫地答应了她的要求。

第二天，塞米拉米丝登上了尼尼微国王的宝座。塞米拉米丝坐在宝座上发号施令，很有国王的风范。第一天没发生什么事，到了第二天，塞米拉米丝发出了逮捕国王的命令。国王还没明白是怎么回事，就被抓进了监狱。随即，塞米拉米丝便发出了处决国王的命令。消息传到宫外，百姓们都很愤怒，他们要求砍下塞米拉米丝的头，为国王报仇。

塞米拉米丝听说百姓们正在闹事，并没有惊慌，而是镇定地走到阳台上。她美丽的姿态让愤怒的百姓们以为是女神下凡，于是赶紧跪

● 人物描写

只有三天的时间，塞米拉米丝要怎样才能把国王除掉呢？这里的时间之短，也再次体现出了塞米拉米丝过人的智慧。

下参拜。就这样，骚乱平息了。

塞米拉米丝当上了女王，她连续统治了尼尼微二十年。塞米拉米丝当政期间的军队是亚述史上最强大的，她率领军队南征北战，战果辉煌。她先后征服了米迪亚、波斯、埃及、利比亚，邻近的国家只有印度还没有被征服。

为了征服印度，塞米拉米丝女王足足准备了两年。她知道印度最厉害的军队是大象兵团。为了打败大象兵团，女王下令给一万头骆驼披上黑牛皮。骆驼披上黑牛皮后，看起来很像一群真象。她还制造了两千只小船，准备从水陆两个方面发动进攻。

一切准备妥当，塞米拉米丝率领着军队浩浩荡荡地向印度进发。他们很快就到达印度，只是由于长途跋涉，女王和她的军队都有些疲惫了。

女王毫不畏惧，她的军队打赢了第一仗，俘虏了一万多名印度人，击沉了一千多艘印度战船。后来，印度军队假装撤退，塞米拉米丝女王不知是计，率领军队向前追击。结果，亚述军队中了埋伏，被印度人派出的大象兵团打得一败涂地。女王自己也受了箭伤，迫于无奈，

> **表达方式**
>
> 叙述：详细说明了女王为征服印度所做的准备十分充分，难怪要花足足两年的时间。可这一战还会和之前征服其他邻近的国家一样胜利吗？

她只好和印度人讲和。

塞米拉米丝回到尼尼微时，发现王子正在密谋篡夺王位。女王本想笼络王子，但一切已经太晚，她不得不放弃王位，交出政权。

塞米拉米丝把王位让给王子后，搬到了郊外。显赫惯了的塞米拉米丝忍受不了这种孤苦的生活，就向主神祈求，希望主神把她召唤回去。主神答应了塞米拉米丝的请求，根据她的天性，把她变成了一只白鸽。

亚述文明发源于两河流域，亚述神话的原创性不强，很大程度上是从苏美尔人与巴比伦人那里继承和改编而来的，就连创世神话这一重要内容，也是亚述人改编了巴比伦的创世神话《埃努玛·埃利什》。其改编的主要思路，就是替换主神。在巴比伦的神话中，马尔都克是创世的主角，而在亚述的版本里，创世的主神则是阿苏尔。

阿尔苏原本是雨神、农业神，以及阿苏尔城市的保护神。在亚述帝国兴起过程中，阿尔苏的地位也被渐渐提高，最终成为亚述的"众神之主"，拥有控制天地的权力。可以说，亚述创世神话的发展与演变，是和古代两河流域历史的发展息息相关的。

·回味思考·

塞米拉米丝是怎样从一个普通女孩成为女王的呢？

·素材积累·

好词

恶浪滔天　盛大　四面八方　百依百顺　势如破竹
亭亭玉立　毫不犹豫　浩浩荡荡　一败涂地

好句

　　白天，白鸽们用翅膀给女孩挡太阳；晚上，它们用翅膀给她挡风寒。另外几只白鸽轮流飞进牧人的房子，含几滴牛奶送到女孩的口中，给她充饥解渴。

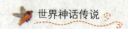

非洲神话

快速阅读思维导图

太阳神是众神的主宰，他的名字是他法力的来源	→	女巫伊西丝图谋得到秘密名字	→	何露斯继任埃及国王，并被封为太阳之神。
		太阳神听到人类说自己坏话，派哈陶尔惩罚他们		
		塞特屡次阻挠法庭进行公正的审判		
		何露斯被塞特重伤，哈特尔女神相救		

太阳神

人物形象

把太阳神和父亲努神相比，进一步突出了太阳神的权力之大，"主宰"和"创造者"的地位无与伦比。

　　太阳神是水神努的儿子，他在早晨的时候叫克佩拉，中午时分叫赖，傍晚的时候叫塔姆。这位太阳神起初是一只浮在海面上的蛋。

　　太阳神虽然是努神的儿子，但他的权力比他的父亲还要大，他是众神的主宰，是宇宙万物的创造者。

太阳神有很多名字,其中有一个秘密的名字,至今为止还没有人知道。这个名字给予了太阳神法力,无论谁知道了这个秘密名字,他都将拥有和太阳神一样大的法力。因此,女巫伊西丝很早就图谋得到这个秘密名字。但太阳神始终守口如瓶,他从来没有和任何人说过。

每天,太阳神都要坐在宝座上,发号施令,统治宇宙万物。

有一天,年迈的太阳神说话时把口水滴在地上。伊西丝跟随他,把沾有他唾液的泥土捡了起来。伊西丝把泥土烘干后,做成了一支矛,她吹了一口气,矛变成了一条青蛇。这条蛇有一个神奇的特点,除了伊西丝,谁也看不见它。伊西丝把这条蛇抛在太阳神每天中午都要经过的地方。

不久以后,太阳神被这条蛇咬了一口。灼热的毒液进入太阳神的身体,太阳神大叫一声,这一叫声震动了整个宇宙。

众神赶紧围了过去,他们问太阳神发生了什么事。太阳神对他们说:"我的孩子们,我已被一个不知名的东西伤害。我是一个神,是一位伟大的天神的儿子。可今天,我却无法告

诉你们是谁伤害了我。"

太阳神摇晃着身体，忍着剧痛，继续说道："我的父亲努神给我取了一个秘密名字。这个名字给予我法力，努神把这个名字藏在我心里，不让巫师知道，因为巫师知道后会来伤害我。"

太阳神命令所有的神灵都围在他身边，说道："我命令我所有的孩子都来到我身边，你们要念破除巫术的咒语，这个咒语对整个世界都有效。"

天神们听令来到众神之父的身边，女巫伊西丝也混杂在其中，伊西丝见太阳神疼得满头大汗，便趁机凑上去说道："众神的父亲啊！请把你的秘密名字告诉我，这样我就会帮你解除病痛。"

毒液在太阳神体内烧得比火还烫，它像烈火一般焚烧着太阳神的躯体。太阳神疼得实在受不了，最后，他庄严地说道："我以父亲的名义，把我的秘密名字传给伊西丝。这个名字从此将离开我的心，进入伊西丝的心。"

众神之父话刚说完，就从众神的眼前消失了。大地从此陷入一片漆黑。伊西丝见状大喜，但她并不满足，她吩咐她的儿子道："你快念一个有力的咒语，迫使太阳神把他的两只眼睛交出来，这两只眼睛便是太阳和月亮。"

咒语刚念完，太阳神的秘密名字就进入了伊西丝的心里。于是，这位女巫说道："毒液呀！从众神之父的身体里出来吧。"女巫的话音刚落，太阳神就恢复了健康，从此，他不再疼痛，也不再烦恼。

随着岁月的流逝，统治人类的太阳神渐渐老了。于是，有一些人开始蔑视他，他们到处传言说："太阳神老了，他的头发都已经白了。"

太阳神听了这句话非常生气。于是，他把众神叫过来，对他们说："众神啊，请听我讲！我所创造的人类说了我的坏话！我希望你们告诉我，我该怎么惩罚人类。"

太阳神见众神不说话，便继续说道："众神啊，你们要知道，我的打算是把他们全部毁灭。我想把洪水放出去，把大地变成海洋，就像世界刚开始那样。"

众神也在旁边附和道："请用你的眼睛去惩罚他们吧。"

太阳神同意了众神的请求，他派自己的眼睛哈陶尔下凡。哈陶尔惩罚了一些人类后，太

阳神后悔了。他派人把加入美德草制成的啤酒倒在哈陶尔休息的地方，啤酒很快把那一片全部淹没了。哈陶尔一早醒来，看见了酒，俯下身来，在酒中看见了自己美丽的面容，兴奋异常，便立刻大喝起来。

哈陶尔喝醉后在大地上徘徊，忘记了本来要做的事情。

> **人物形象**
>
> 太阳神让哈陶尔忘记了惩罚人类的任务，显示出了他的仁慈和悔改之心。

埃及王子复仇记

伊西丝女神带着她的儿子何露斯秘密地生活在沼地的丛林里，八年后，何露斯渐渐长成一个英俊的少年，练就了一身武艺。

一天，女神缓缓站起，走向古树，从树洞里捧出一顶珍藏的王冠，向何露斯讲述他父亲奥西里斯被塞特残忍杀害的往事。热泪从女神光洁姣美的面颊滚下，滴落在她手中的王冠上，宝石被洗去了尘埃，更加灿烂夺目。何露斯看着母亲，问道："您是为了躲避塞特的追杀，只身逃到这里，生下我，又秘密地把我教养成人，是吗？"伊西丝女神赞许地点点头，为儿子的聪慧感到欣慰。

> **知识拓展**
>
> 奥西里斯是埃及神话中的冥王。他是大地之神盖布与天神努特的儿子，弟弟塞特很嫉妒他，于是在一次酒宴上用阴谋害死了奥西里斯。

良久，伊西丝女神缓缓站起身来，目光坚定，神情庄重。她举起手中的王冠，说道："孩子，对着你父亲的王冠，对着我，对着天空、大地、诸神祖先，说出你的愿望吧！"

何露斯站起来，又庄严地跪下去。他向父亲、母亲，向天空、大地和山峰，发出铮铮誓言："我要为父亲复仇！绝不吝惜生命！"少年凄厉的呼声传向遥远的天边，传向整个世界。

于是他前往众神法庭与塞特对簿公堂。原来，埃及的神虽然有大、小、高、下之分，可是一旦发生纠纷，还得听从众神法庭的裁决。法庭由九位神组成，宇宙之主担任庭长。何露斯雄赳赳地走进法庭，引起众神一阵惊叹。众神看到奥西里斯的遗腹子长得如此英俊，纷纷把手中用来表决的鲜花投向何露斯，赞同他成为唯一合法的王权继承人。站在另一边的塞特见状，暴跳如雷地吼道："不！掌握王权要凭力量！直系子孙的身份绝不是优先条件！"庭长十分惊恐，害怕塞特会迁怒于他，踌躇着不敢表态，无奈地垂下眼睛。许久，他才抬起头来说道："还没有审理案子就先行投票，显然不能算数。"

一丝笑意在塞特狰狞的脸上漾开去。伊西

丝急了，她冲上前去与塞特论战。伊西丝连珠炮一般的质问，使塞特无言以对。他终于恼羞成怒，咆哮道："伊西丝无权参与辩论！"他拒绝继续开庭，除非伊西丝退场。他知道，若是这个足智多谋的女神在场，他将会败得很惨。

法庭庭长惹不起塞特，明知这是无礼要求，也只好宣布，将诉讼移到一处偏僻荒凉的小岛上进行。他还严厉告诫摆渡之神安悌，非经许可，绝不允许摆渡伊西丝去那个海岛。

伊西丝站在远处的悬崖上，望着渐渐消失的帆影心急如焚。因为年少的儿子只身面对这样强大的对手，无疑凶多吉少。大海波涛汹涌，海浪拍击着礁石，激起冲天巨浪，纵然变成神鹰也难以飞越啊！怎么办呢？伊西丝急中生智，变作一个弯腰驼背的老妇人，颤颤巍巍地走到安悌身边，恳求他送她一程。她拿出一个金灿灿的戒指当作酬谢。安悌看这老妇人可怜，又贪爱那个金戒指，就驾起一叶飞舟，送伊西丝上了海岛，还赶在大船前面到达。

下了船，伊西丝又变作一个美貌的少女，混入刚刚上岸的众神行列。她故意走在塞特身边，向他微笑。塞特马上被这位美丽高贵的少

艺术手法

前后照应：尽管塞特想要阻挠她去到海岛，但伊西丝还是想到了办法，让摆渡之神把自己送上了海岛。这个情节照应了前文对伊西丝"足智多谋"的描述。

女迷住了，笑盈盈地与她攀谈起来，奉承她的美貌和华贵的衣饰。伊西丝告诉他，自己是一位外国公主，本应继承父位当女王，可是王权被她的叔父篡夺去了。她赶到众神法庭，是想搞清楚自己是不是有权利夺回王位。从少女鲜花般的嘴唇和洁白如玉的牙齿中间轻轻吐出的这些惹人怜爱的话语，令塞特心荡神摇，伊西丝哈哈大笑，变成一只鹰飞上大树。塞特听到伊西丝那尖利的笑声，才知道上了当，捶胸顿足，懊悔不迭。他飞奔到法庭庭长面前，状告伊西丝要诡计行骗。可是，他的话已经无法收回了。众神和东海岸的天神们，一致赞同由何露斯来继承埃及的王位和太阳神的称号。

但塞特还不死心，他提出要与何露斯较量，胜者才有资格得到王冠。众神法庭又一次应允了他的无理要求，决定在比赛之后再进行最后的裁决和就职仪式。

塞特提出比赛造船：两个人各造一条石船，还要驾着它在水里航行。何露斯一眼看穿了对方的诡计：塞特是想骗他沉到水底，然后再暗算他。他眼珠一转，假意应承下来。何露斯砍下大树，秘密地造了一条小木船，细心涂上颜色，

精彩剧情

何露斯与塞特的第一次较量，两人形成了鲜明的对比，一个善于动脑，一个只懂蛮干。

伪装成石船的样子，然后轻快地摇着，从岸边的树丛里划了出来。塞特造了一条大石船，累得满头大汗，"嘿哟嘿哟"地拖到水边，还没踏上去，石船就沉到水底没影儿了，水面上只留下混浊的涟漪。"哈哈哈"何露斯立在船头上笑得前仰后合，踩得小船左摇右晃。塞特恶狠狠地瞥了他一眼，倏地钻入水底，变作一只河马，掀翻了木船。何露斯没防备，一个倒栽葱掉进水里，呛了好几口水。塞特又变作一条大鳄鱼，张开血盆大口，直蹿过来。何露斯不敢恋战，飞快地爬上岸，一溜烟逃到母亲身边，只留下塞特在那儿吹胡子瞪眼。

一计未成，又生一计，塞特下决心除掉何露斯，搬掉这个通向宝座的最大障碍。过了些日子，他又提出跟何露斯比赛潜水，胜者为王。何露斯拗不过他，又不想示弱，并且还惦记着乘机复仇，就答应了。

他们来到尼罗河边，变成一大一小两只河马，钻入碧波荡漾的河里，久久不曾浮上来。伊西丝急得在岸边来回踱步，生怕儿子会给憋死。她思忖了一会儿，拿定了主意，趁众人不备，悄悄拔下头上的金钗，变作一只锋利的鱼叉子，瞄准大河马的脊背猛掷出去。鬼使神差地，那鱼叉却刺进了何露斯的脊梁。伊西丝急忙掷出另一根金钗，刺向了大河马的后背。塞特一声怪吼，冲出水面。侍从们赶忙扶起塞特，到宫内疗伤休息去了。

伊西丝哭着扑向儿子，为他拔出鱼叉，敷伤止血。母亲的偷袭和哭哭啼啼的怜悯之态，使何露斯觉得受了莫大侮辱。他愤怒得几乎丧失理智，不顾一切地跳起来，抽出佩剑乱砍一气，不料误伤了母亲。何露斯被自己闯下的大祸吓呆了，过了一会儿，他抱起母亲，一溜烟冲上山顶，没了踪影。

法庭庭长听到这个消息，大动肝火，立刻命令塞特去寻找何露斯，带他回法庭接受审判。塞特正打算找到何露斯，以解心头之恨，他顾不得伤痛如灼，领命飞奔而去。

塞特在山顶一块大岩石背后找到何露斯，他正紧抱着母亲，惊恐地睁着眼睛，不知所措地蜷成一团。塞特狞笑一声，抡起大刀劈头就砍。何露斯一骨碌躲过，他放下母亲，抽出宝剑，迎面刺去，两个人当即打在一处。何露斯盯住塞特闪着寒光的大刀，好像看到了父亲惨死的躯体，

他越斗越勇。两个人从山顶厮杀到山脚下，又从山下拼打着上了山顶，直斗得地动山摇，飞沙走石，狂风呼啸，遮天蔽日，仿佛世界末日来临。

渐渐地，何露斯无力招架了。塞特明晃晃的刀尖顶在他胸前，一步步将他逼到大岩石下。塞特冷笑着说："让你和你母亲的头一起去见奥西里斯吧！"

何露斯忽然记起母亲平日的嘱咐："好猎手不但要有勇气，还要有智谋。"对！他按住狂跳的心，悄悄抓起宝剑，向塞特刺过去。塞特怪叫一声，扔了刀，转而徒手攻击何露斯的眼睛。何露斯感到一阵剧痛，摔倒在地。塞特也昏了过去。

夜幕降临，何露斯的眼睛长成两棵忘忧树，向天空伸出手臂一样的枝干。天上的母亲之神哈特尔见了，感到惊异，便来到山顶察看。她看到失去眼睛的何露斯正抱着母亲在哀哀哭泣，不禁大为悲悯。她命侍神取来羚羊的乳汁，倒进何露斯的眼窝。没过多久他又能看见东西了。女神又吩咐神界的使者透特去照料受伤的塞特，然后带着何露斯和伊西丝的头下山了。

哈特尔女神和何露斯在河边找到伊西丝的身体，她身上的血污已被河水冲洗得干干净净。

哈特尔女神把甘露洒在伊西丝身上，然后念起咒语。奇迹出现了：伊西丝活过来了！她美丽的眼睛颤动着，慢慢睁开来，看见哈特尔女神和何露斯殷切的神情，两股热泪涌出眼眶。何露斯扑进母亲的怀抱，紧紧抱住母亲，生怕再次失去她。伊西丝女神原谅了年幼的儿子。

争端闹到这个地步，众神法庭只得再次开庭，进行审理。这次，宇宙之主法庭庭长很慎重，他写了封信给生长和死亡之神。他们很快收到了回信："何露斯的要求是完全正当的，法庭为什么至今还在拖延，不授予他王冠？你们要明白，如果何露斯的权力不被认可，我作为生长之神，将会断绝埃及的食物生产；作为死亡之神，将会派死亡的使者到大地上去，毁灭那些怀有野心的家伙。"

宇宙之主和法庭诸神都读出了这封信里的愤怒，赶紧做出了裁决，最终判定何露斯继任埃及国王，并封他为太阳之神。塞特被锁上铁链，带到众神面前，被迫承认了何露斯独尊的帝王神权。

一顶镶着金太阳的王冠戴在何露斯头上。面对母亲欣慰的笑脸，面对整个大地的欢呼，何露斯庄严地登上王位。塞特呢，当了暴风雨之神，在天空中哭喊怒骂。阳光灿烂的时候，他是不敢

🖊 回信内容

终于有神愿意为何露斯主持公道了。生长与死亡之神在信中表示要降下的惩罚实在太可怕了，谁都能感受到他的愤怒。

🖊 结局

巧妙地运用神话传说来解释自然界的现象，阳光灿烂得益于何露斯的统治，而暴风雨对庄稼、树木与生命的破坏，则是塞特在干坏事。多么有趣的想象呀！

出来的，因为那是太阳之神何露斯统辖的时间，只有在暴风雨的天气，他才能狂呼乱喊，发泄胸中的闷气，并乘机毁坏庄稼、树林和生命。据说，直到现在他还在干这些坏事呢。

埃及是世界文明起源最早的国家之一，而任何一个古老的文明都会有的一个标配，就是神话。可以说，埃及神话传说在非洲神话中占据着相当重要的地位。

古代埃及奉行多神信仰，每个城邦都有自己的守护神，没有一个完整统一的体系，其中最著名，也最为人所熟知的神系，就是赫里奥坡里斯的九神系了。《埃及王子复仇记》中提到的奥西里斯、伊西斯、塞特，都在"九神"之列。

但由于埃及人对动物的崇拜，无论是埃及的哪个时期，哪个神系，众神世界的大部分神明都是人身动物头的模样。《埃及王子复仇记》的主角何露斯就长着隼的脑袋。

而除了动物之外，埃及人对太阳也十分崇拜，就像《太阳神》一文中写的那样，太阳神在其神话体系中常被视为众神之首。事实上，埃及神话的演变与发展，反映的正是古埃及人对自然现象和社会秩序的理解和崇拜。

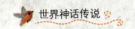

·回味思考·

埃及还有许多神祇，说说你还知道哪些神？

·素材积累·

好词

守口如瓶　发号施令　年迈　惩罚　珍藏　灿烂夺目
凄厉　雄赳赳　恼羞成怒　咆哮　足智多谋　心急如焚
急中生智　颤颤巍巍　捶胸顿足　碧波荡漾

好句

毒液在太阳神体内烧得比火还烫，它像烈火一般焚烧着太阳神的躯体。

两个人从山顶厮杀到山脚下，又从山下拼打着上了山顶，直斗得地动山摇，飞沙走石，狂风呼啸，遮天蔽日，仿佛世界末日来临。

美索不达米亚神话传说

快速阅读思维导图

淡水与咸水混在一起产生了生命 →
- 马尔都克打败进攻的大母神
- 马尔都克以大母神的尸体创造天地
- 神创造人类及其管理者吉尔伽美什
- 吉尔伽美什因好友恩启都之死悲恸欲绝

→ 吉尔伽美什离开乌鲁克去寻找永生的秘密

创世纪

鸿蒙之始，天空、大地和人都不存在，乾坤一片混沌，只有极少数的神待在其中。他们分不清自我和外界的区别，命运也尚未确定。这便是世界最初的模样。

随着时间的慢慢流逝，世界开始产生了一些变化。世上最古老的神阿普苏和提亚马特结

> ✦ 表达方式
>
> 叙述：对波斯湾沿岸两河之间的人来说，淡的河水和咸的海水对他们意义重大。

婚了：阿普苏是一大片淡水，而提亚马特是一大片咸水，他们把彼此融合在了一起，这种融合酿造了新的生命。

双胞胎拉赫姆和拉哈姆首先来到世界上。随后，威武的安沙尔与美丽的基什瓦尔也诞生了。不久，这对兄妹就结成夫妇。他们婚姻的结晶即是未来的天之主宰、万神之父——安努。

神们努力地生儿育女，终于使冷冷清清的世界热闹起来，然而矛盾也随之产生：新生的神们个个精力都太旺盛了，偌大的天地被搅得鸡飞狗跳，甚至连大母神提亚马特也遭到了骚扰。最后阿普苏忍无可忍，他觉得唯有彻底消灭这些孩子才能让自己耳根清净，然而提亚马特却舍不得，她含泪劝谏自己的丈夫："既然要毁灭他们，我们当初又何必辛辛苦苦地把他们生养出来呢？他们的行径确实令人气恼，但我们却应当心平气和地对待。"这话不无道理。可惜阿普苏当时怒火攻心，什么都听不进去，对付子女们的毒计便定了下来。

世上没有不透风的墙，事情很快就被孩子们得知。

初生之犊们群情激昂，表示绝不能坐以待

毙。讨论到先下手为强的具体方案时，水与智慧之神埃阿向诸神展现了他的才华。埃阿精明地分析了双方的力量对比，认为对阿普苏不能力敌，只能智取。于是趁着阿普苏松懈的当儿，鬼点子最多的他念起甜美的咒语，为阿普苏催眠，令他沉入梦乡，然后轻而易举地砍下了他的头。

胜利到来得如此轻松，简直令人不可置信。接下来的事情就如同风卷残云。幼辈神们很快把主宰世界的权力从老辈神的手中抢了过来。甚至连始初之神阿普苏的尸体也被占去物尽其用——埃阿在那上面为自己建造了美轮美奂的新居。从此，阿普苏就成了圣地的名字。而且巴比伦最伟大的神明——埃阿的儿子——后世享有五十个称呼的马尔都克，也即将诞生在那里……

🖊 知识拓展

马尔都克：美索不达米亚神话中巴比伦城的守护神，在苏美尔神话中原本并无崇高地位。在巴比伦取得美索不达米亚地区的霸主地位后，马尔都克受到推崇成为诸神之首。

大母神的复仇

阿普苏之死令提亚马特性情大变。她本是水，如今却变成了一条丑陋的七头蛇。曾经的慈母被憎恨与复仇的火焰狠狠啮咬着心脏，而那些失去了原有利益的老辈神们又不断地在背后挑唆。终于，提亚马特叛变了。

复仇的大母神打点旧部，又从自己所生的神中提拔了一个名叫金古的魔怪，命他为复仇之师的统帅。

埃阿是最早得知险情的神。他立刻上呈安努，可是安努也没有什么好办法，只能召集诸神，问谁能够征讨叛军。诸神都沉默不语。

这时，一名年轻的神从沉默的大多数中挺身而出。众神都把目光投向他。只见他仪表高贵、气度非凡，有四只眼睛、四只耳朵，一开口火焰就从唇齿间喷薄而出，这是埃阿神的儿子马尔都克。他对安努说："请派我前往。"

马尔都克降生在圣地阿普苏，拥有双倍的神力。他那智慧出众的父神埃阿曾将他召至神殿，说："我儿，你须听我的话。到安努面前去毛遂自荐吧。你是个领兵出征的人才，他一看到你，焦躁的内心就会平静下来的。"

此刻他主动请缨，向安努许诺说自己将把提亚马特的脖子踩在脚底，令众神高枕无忧。不过他有个条件，那就是安努必须赋予他超越诸神之上的地位与荣耀，并使他举世皆知。

知识拓展

金古：位于苏美尔以北的阿卡德地区神话中的怪物，由咸水之神提亚马特所生。

66

"我为你们战斗，为你们征讨提亚马特，保全你们的性命。因此我要通过我自己的口而不是你们的口来决定命运。"马尔都克说，"我的命令将不可改变！我所说的要成为现实！"

就当时的情况而言委实也没有更好的选择，安努只得答应了他。尽管前线已经燃起了烽火，但并不妨碍安努举办大型宴会，招待高贵的神祇们饱餐美食、痛饮佳酿。酒酣耳热时，神明们忘了心中的恐惧。他们尽情欢唱，拥戴马尔都克登上王位。

"你是诸神中最荣耀的勇士！"那些大人物们冲着马尔都克叫道："你的地位无与伦比！你的话有无上的权威！你令荣辱沉浮都俯首听命！我们的性命就全交给你了……"

就这样，受命于危难之际的马尔都克初步奠定了他的地位，带着诸神相赠的各色法宝，前去征讨提亚马特。他的战车是华丽的暴风，拉着暴风的是毁灭、无情、践踏和飞驰四匹神驹。它们咆哮着在敌阵里横冲直撞，使马尔都克一路杀进了叛军的大营。

这时，马尔都克口吐诸神之宝，手执百毒不侵的香草，铠甲在他身上闪闪发光，光芒胜

知识拓展

神祇：神的本义指如闪电般变幻莫测的事物，在神话中指天神或万物的创造者。祇的本义即为地神。后以神祇泛指天地间的所有神明。

过十个太阳。

那些提亚马特的爪牙一看到他就头晕脚软，失去了抵抗能力。甚至提亚马特也必须靠咒语来勉强控制住身体的颤抖。

马尔都克一眼就洞悉了他们的虚弱。

"别再用你的嘴唇支撑这场叛逆了。"马尔都克向提亚马特喊道。他指责大母神骄傲、暴戾，宣称神圣的力量已经离她远去。最后，马尔都克向提亚马特挑衅，问她可有勇气与他单独较量。

提亚马特中了马尔都克的激将法，暴跳如雷，理智全失，最终毫无悬念地死于这场决斗——马尔都克用风编成的巨网笼罩住她，使她进退不得，又把风吹入她怒吼的口中，使她的身体像气球一样膨胀起来，然后一支穿心而过的箭直截了当地结束了一切。

而马尔都克就像他先前说过的那样，把脚踏在了大母神尸体的脖子上。

马尔都克创造天地秩序

战争结束了，英勇的马尔都克打败了提亚

马特的进攻，拯救了众神灵，所有天神都拜倒在马尔都克的脚下。

这时，一位天神问马尔都克："伟大的马尔都克天神，如今提亚马特已经被您杀死了，您打算怎么处理她的尸体呢？"

马尔都克说："我已经想好了，我要用提亚马特的尸体来创造一个新的世界！"

于是，马尔都克用他锋利的宝剑把提亚马特的尸体分成两半，把一半尸体抛向上方，于是天空就出现了；又把剩下的那一半尸体踩在脚下，用力踩了几下，大地就这样出现了。造出天地之后，马尔都克还派人驻守在大海边，以保护大地不受海水的侵害。

马尔都克决定让天神们居住在天上，那些平凡的生灵则居住在大地上。

马尔都克按照地位的高低，给天空中所有的天神划分了各自的领域。马尔都克的地位最高，他是众神之王，居住在天空的正中央。其他的神灵们各得其所，也都有了自己相应的一块领地。

马尔都克把太阳、月亮和许多星星放在天空上，他把那些星星划分为十二星座，规定每

🔆 **知识拓展**

占星术起源：占星术又称星占学，是一种以观察星辰运行来预言人事吉凶祸福的方术，对古代天文学的发展有过一定影响。占星术在世界各国的古代时期都曾流行过，美索不达米亚地区的占星术尤为有名，对地中海地区的所有文明均产生了一定影响。

一个星座都要由一个天神来监督，使他们都按照各自固定的轨道运行。马尔都克又把一年分为十二个月，并且规定了每个月的天数。让日月和五星七位主神每天值勤，并且每七日轮换一次。

马尔都克找来众神商议："大地太安静了，我想造一种生物来给大地带来生机，他们要有智慧和头脑，还要为我们效力，会服侍我们的饮食起居，会崇拜我们，对我们的话唯命是从！这种生物就叫作人类，你们觉得怎么样？"

天神安努说："伟大的马尔都克，您的这个决定实在是太英明了！不过，要想创造有生命的生物，必须要用天神的血和大地的钙质，牺牲一个天神足够了，可是要牺牲谁呢？"

智慧之神埃阿从容不迫地说："马尔都克天神，我的儿子，不要为这件事发愁。我有一个很恰当的人选。那个人就是金古！是他唆使提亚马特叛变的！"

众天神马上一齐说："是的！杀了他！杀了金古！"

于是，马尔都克杀了金古，用金古的血，加上泥、钙创造出了人类。

从那以后，天神们过上了舒适的生活，因为人类代替天神完成了他们的工作。也由于人类的繁衍生息，大地上热闹了许多。

浩劫降临人间

人类被创造出来六百年以后，人口的数量增加了，大小村庄遍及丘陵平原。又过了六百年，人口倍增，城镇变得更多了，人类居住的范围也在不断扩张。人类喧哗吵闹，噪声直冲云霄，把众神吵得烦躁不已。

脾气暴躁的埃里尔再也忍受不住了，他对众神说："人类实在是太讨厌了！他们吵得我心烦意乱！我们消灭一部分人类吧！也好清静清静！"

众神都深受其苦，纷纷赞同埃里尔的话。于是大家开始研究用哪种方法来消灭人类更好。最后他们决定用瘟疫来消灭一部分人类。

于是瘟神尼姆塔领命而去，人间立刻瘟疫暴发，数以万计的人都死于瘟疫。

智慧之神埃阿看见人间的惨景，心中不忍。他怕人类就这样灭绝了，他叫来他在地上最忠

> **知识拓展**
> 埃里尔：苏美尔神话中的主神之一，原为尼普尔城的守护神，后来成为整个苏美尔的神。

实的仆人阿特拉哈西斯，对他说："你马上回去告诉人们，不要再祭拜地方神，赶快去祭拜尼姆塔，或许他会接受你们的献祭而手下留情。"

于是阿特拉哈西斯马上召集族人，将这件事告诉他们。人们也马上按照阿特拉哈西斯的话去做，拿着食物去祭拜尼姆塔。瘟神尼姆塔果然接受了人类的食物，不再散播瘟疫。人类也因此逃过一劫。

又过了六百年，大地上的人口数量又增加了很多。人类的喧闹再一次惊动了天神，打扰了天神们的生活。

天神埃里尔再一次召集众神，他愤怒地说："人类实在是太吵了！看来人类需要再减少一部分！"

于是，这一次众神决定让干旱降临整个大地，让一部分人饿死。

很快，大地开始干旱，庄稼全都枯死了。

阿特拉哈西斯向埃阿祈求，埃阿怜悯人类，于是告诉阿特拉哈西斯："你们不要再祭拜地方神了，赶快拿着食物去祭拜雨神吧！说不定他会帮你们！"

阿特拉哈西斯马上将这个消息告诉大家，

知识拓展

阿特拉哈西斯：美索不达米亚洪水传说的主要人物。一说其为《吉尔伽美什史诗》中得到永生的乌特纳庇什提，而阿特拉哈西斯则为此人的称号，意为智慧超群。

大家就带着食物来祭拜雨神，雨神接受了他们的食物，于是天空降下甘霖，干旱结束了。

人类的繁殖速度非常快，这场灾难过后，又过了几百年，人类的嘈杂再一次惊动了天神。埃里尔怒不可遏，他准备将人类赶尽杀绝。其他的众神，除了埃阿，都站在埃里尔的一边。埃阿孤掌难鸣，只好偷偷告诉阿特拉哈西斯，六天后将会降临一场大洪水，让他准备一艘大船，准备好食物和鸟兽，只有这样，人类才不至于灭绝。

阿特拉哈西斯按照埃阿的吩咐去做，第六天晚上，阿特拉哈西斯一家人上了那艘大船。夜里，洪灾降临，地上的一切生命都消失了，只有阿特拉哈西斯的那艘船得以幸免。

表达方式

叙述：说明人类得以延续是某些神明的恩赐，体现了该神话体系的某些特点。

吉尔伽美什

灾难过后，人类又将大地逐渐变得繁荣起来。人们辛勤劳作，将劳动成果献给神灵。起初，人间井然有序，但渐渐地，人们之间开始了斗争和杀戮。

天神们为了让人间继续保持井然有序的状

态，于是聚在一起商讨起了对策。智慧之神埃阿说："要找到事情的起因，事件才可以得到更好地解决。依我看，人类之所以变得没有秩序，是因为他们缺少一个有力的管理者。如果可以在人间建立权威和秩序，人间一定会变得井然有序。"

众神纷纷赞成埃阿的话。于是埃里尔开始着手创造这个人间的统治者。埃里尔找来了生育之神南图、太阳神沙玛什、雷神阿达德、智慧之神埃阿和大神乌鲁鲁帮忙。大神乌鲁鲁用泥塑造了一副高大强壮的身躯，生育之神南图赋予他男性的性别和魅力，太阳神沙玛什赋予他英俊的外貌，雷神阿达德赋予他无穷的勇气、力量和坚忍不拔的性格，智慧之神埃阿赋予他无尽的智慧，埃里尔则给了他超凡的武力与气魄。

在众神的努力下，人间的统治者吉尔伽美什诞生了。这位统治者有着三分之二神的血统和三分之一的人性，他的寿命也和人一样。吉尔伽美什很快用自己的智慧和强大的力量征服了居民，成为乌鲁克的国王。

在吉尔伽美什的统治下，乌鲁克的居民安

知识拓展

乌鲁克：美索不达米亚西南部苏美尔人的古城，在今幼发拉底河下游右岸，今伊拉克境内，两河流域的楔形文字即萌芽于此。

居乐业，每个人都遵纪守法，人间又变得井然有序了。看着人间再一次建立起了秩序，众神们都非常高兴。

但是吉尔伽美什却脾气暴躁，经常欺压百姓和士兵。百姓们向众神祈祷，希望可以约束吉尔伽美什的统治。于是众神要创造一个和他相匹配的男子出来，给乌鲁克带来和平。

就这样，恩启都诞生了。

恩启都英武雄壮，有着无比的勇气和力量。

恩启都来到乌鲁克找吉尔伽美什决斗，结果双方不分胜负。

从未遭遇敌手的吉尔伽美什对于恩启都的力量感到钦佩，于是主动认输，而恩启都也慑服于吉尔伽美什的气概，决定成为他永远的朋友，原本敌对的双方就这样成了知己。

恩启都与吉尔伽美什一起回到了乌鲁克的王宫，成了吉尔伽美什最得力的助手。两个人一起消灭了无恶不作的恶魔洪巴巴，拯救出了伊什塔尔女神。

多情的伊什塔尔看上了英俊的吉尔伽美什，要求成为吉尔伽美什的妻子。但吉尔伽美什对伊什塔尔的风流与心狠手辣心知肚明，便果断拒绝了她。伊什塔尔十分恼怒，央求她的父神安努为她制造一头天牛去向吉尔伽美什复仇。结果天牛却被恩启都杀死，并把它的心肝献祭给了太阳神。

恩启都帮助吉尔伽美什杀死天牛这件事很快就传到了天上。天神们商量着如何惩罚吉尔伽美什和恩启都。

一手造出天牛的安努认为，吉尔伽美什与恩启都杀死了天牛，他们都应该被判死刑；大气之神恩里尔认为吉尔伽美什虽然有罪，但他是国王，不能就这样死去，因此可以由恩启都来承担所有的罪过；太阳神沙玛什则认为，吉尔伽美什与恩启都都不应该受到惩罚。

在三种不同意见中，大气之神恩里尔的意见占据主流，大多数天神都同意对恩启都进行惩罚。尽管太阳神沙玛什拼命地为他辩护，但无奈寡不敌众，众神最终做出了处死恩启都的决定。

于是恩启都很快就病死了。

从没受过如此大打击的吉尔伽美什就这样失去了自己唯一的知己。他在恩启都的床边大声地哭号，所有的人都为之动容。直到恩启都的尸体已经开始腐烂，吉尔伽美什才在众人的劝说下为恩启都举行了隆重的葬礼。

此后，他仍然不能忘记好友，常常回想起与恩启都在一起的日子。他不想再见任何人，不想再过问任何事，只想知道人为什么一定要死。于是他独自一个人离开了乌鲁克，到处游荡，以求找到永生的奥秘。

智慧点拨

美索不达米亚是古希腊对幼发拉底河与底格里斯河流域的称谓，而位于幼发拉底河与底格里斯河下游的苏美尔是美索不达米亚最早的文明中心，苏美尔文明也是目前已知的古代伟大文明中最古老的。早在公元前3500年，这一地区的古代文明就对尼罗河流域的古埃及文明产生了重大影响。苏美尔的《吉尔伽美什史诗》是目前已知世界最古老的英雄史诗，是对苏美尔三大英雄之一的吉尔伽美什的赞歌，在古巴比伦王国时期被固定下来。今天有近三分之一的内容已亡佚，但仍流传下来2000余行，里面保存了大量的苏美尔神话传说。

巴比伦文明是在苏美尔文明衰落之后发展起来的，对苏美尔文明既有继承，又有发展。我们今天看到的美索不达米亚神话传说就是这二者的综合。

回味思考

在世界各地的许多神话中都有洪水神话，说说你知道哪些洪水神话，它们有哪些共同点与不同点？

素材积累

美索不达米亚神话传说

好词

浑浑噩噩　偌大　鸡飞狗跳　风卷残云　美轮美奂　啮咬

挑唆　请缨　高枕无忧　俯首听命　直截了当　唯命是从

从容不迫　井然有序　坚忍不拔　心狠手辣　心知肚明

好句

　　尽管前线已经燃起了烽火，但并不妨碍安努举办大型宴会，招待高贵的神祇们饱餐美食、痛饮佳酿。喝到酒酣耳热时，神明们就忘了心中的恐惧。

印第安神话

快速阅读思维导图

北方的渔民都害怕老北风，只有辛格比留下继续打渔 → 面对北风的呼号，屋里的辛格比一点都不怕 · 辛格比故意激怒北风，怕热的北风闯进屋内，差点儿融化 · 辛格比等待时机，与北风在雪地里摔跤 → 辛格比打败了北风，北风灰溜溜离开

辛格比捉弄老北风

很久很久以前，大地上的人很少，北方生活着一个渔民部落。夏天，那里能捕到最肥美的鱼，而到了冬天，大地一片冰封，根本没人能挨得过。这片冰原的国王脾气非常暴躁，他的名字叫卡比昂欧卡，在印第安语里是北风的意思。

尽管这片冰原在世界最北的地方绵延千万里，但是卡比昂欧卡依然不满足。如果真的让他随心所欲，那大地上将没有青草，没有绿树；河流将被冰封，土地将被冰雪覆盖，世界将一年到头一片雪白。

所幸，他的能力是有限的。虽然他体格健壮、脾气暴躁，但他依然不是南风沙文达斯的对手。南风住在快乐的向日葵原野，他所在的地方一直是夏天。他拂过的地方，紫罗兰在树林中绽放，野玫瑰在黄色的原野上盛开，鸽子们咕咕叫着求偶。他让瓜果生长，葡萄变紫；他温暖的气息让地里的玉米成熟，为森林铺上绿意，让大地充满欢笑，变得美丽。而在夏天比较短暂的北方，沙文达斯会爬上山顶，往他的烟斗里填上烟丝。他吐出的烟上升形成雾，将山丘湖水笼罩起来，使那里看上去仿佛仙境一样。没有风，没有云，一切都是那么安详平静。世界上没有一个地方的夏天能像印第安的夏天这样美。

现在，北方的渔民们辛勤工作、麻利撒网，因为他们知道南风一旦睡着，脾气暴躁的老卡比昂欧卡就会席卷而来，把他们都赶走。这是肯定的！

一天早晨，他们打鱼的时候发现湖面上结了薄薄的冰，他们住的帐篷顶上结了厚厚的霜，在阳光下晶莹闪耀。

这些迹象很明显是个警告。冰越结越厚，天空飘下了鹅毛大雪。郊狼披着它浓密的白色冬衣快速行走。人们已经听到了远方依稀传来的号叫声。

"卡比昂欧卡来啦！"渔民们大喊道，"卡比昂欧卡马上就要到这儿啦。我们快跑吧。"

但是辛格比只是笑笑。

辛格比经常笑。他抓到大鱼会笑，没抓到鱼也会笑。不管碰到什么事，他都不会沮丧。

"我们依然可以打鱼呀，"他对同伴们说，"我可以在冰上打个洞，这样我们可以不用渔网，只用钓竿从洞里钓鱼。我才不怕老卡比昂欧卡呢！"

渔民们惊讶地看着他。的确，辛格比会魔法，能把自己变成鸭子潜入水中，所以人们才叫他"潜水高手"。但仅凭他的能力，又如何能对抗得了北风的怒火呢？

"你还是跟我们走吧，"渔民们说，"卡比昂欧卡比你强大多了，就算是森林中最粗壮的树都会在他的怒火中折腰，就算是最宽广的河流都会在他的碰触下冻结。除非你可以把自己变成一只熊或一条鱼，否则完全没有胜算。"

但辛格比只是笑得更大声。"我的毛皮大衣是问海狸大哥借的，我的手套是问麝鼠表弟借的，这些装备可以在白天保护我。"他说，"在我的棚屋里，有一大堆木柴，点上火，看卡比昂欧卡敢不敢靠近。"

渔民们伤心地离去，他们很喜欢爱笑的辛格比，现在，他们担心以后再也见不到辛格比了。

渔民们走后，辛格比按照自己的方式继续干活儿。首先，他要储存足量的干树皮、树枝、松叶，这样晚上他回到自己的小屋时，就能把火点上取暖。这时候积雪很深，雪冻得特别牢，太阳都融化不了，所以他可以直接在雪上走，脚不会陷下去。其次，他知道怎么从冰窟窿里面钓鱼，所以到了晚上，他会拖着一大串鱼，一边往家里走，一边唱着一首自己编的小曲：

老头儿卡比昂欧卡，
有胆过来将我吓。
块头大来气凌人，

我的批注
人物形象：___
_____
_____
_____

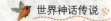

量你没法一直横！

一个傍晚，卡比昂欧卡顺着歌声，找到了正在雪地里缓慢行走的辛格比。

"呼，呼！"北风呼啸着，"野鹅和苍鹭都已飞到了南方，这鲁莽的两腿生物是何方神圣，胆敢在此逗留！我们来瞧瞧谁才是冰原的主人。就在今夜，我会冲进他的棚屋，吹熄他的火，让灰尘四处飞扬。呼，呼！"

夜幕降临，辛格比坐在屋里的火堆旁。看这火烧得多旺！底下的一根根木柴那么粗大，烧上整整一个月都不会熄灭。辛格比正在烤鱼。这条鱼是他今天抓的，又大又新鲜。放在炭火上一烤，酥软无比，十分美味。辛格比抹了抹嘴，开心地搓着手。他白天走了好几里路，现在坐在火边，小腿暖暖的，真是惬意。那些人真傻，他想，冬天才刚开始，鱼这么多，他们竟然离开了。

"他们觉得卡比昂欧卡是个魔法师一样的人物，"他自言自语道，"觉得没人可以对抗他。但我觉得他就是个普通人，跟我一样。的确，我比他怕冷，但他可比我怕热。"

🍊 **人物形象**
通过描写北风的话语，突出了他脾气暴躁、狂妄的性格特点。

🍊 **人物形象**
通过对比表现了辛格比的自信和乐观。

这个想法让他很开心，所以他大笑着唱起歌来：

卡比昂欧卡霜之民，
有本事将我冻成冰。
哪怕你吹到没力气，
靠着火我就不怕你！

他的心情实在是太好了，以至于都没发现屋子外面的一阵喧嚣。屋外下着鹅毛大雪，雪刚落到地上，马上就被北风卷起，像面粉一样被吹向小屋，不一会儿，小屋就被雪埋了起来。然而厚厚的雪并没有让屋内变得寒冷，反而像一块厚毯子一样，把寒风挡在了外面。

没过多久，卡比昂欧卡就发现自己弄巧成拙，这让他非常生气。他对着小屋的烟囱大吼，他的声音是那么狂野可怕，一般人准会被吓到。但辛格比大笑起来。他的小屋里太安静了，他正盼着能有点儿声响呢。

"呼，呼！"辛格比对着北风大喊，"你好啊，卡比昂欧卡。吹气的时候当心点儿，别把腮帮子吹破了。"

> 🟠 **好词佳句**
> 运用比喻修辞手法，把厚厚的雪比作毯子，形象生动地表现了雪围住屋子的景象。

小屋被大风吹得摇了起来，水牛皮做的门帘被风吹得啪啪作响。

"进来啊，卡比昂欧卡！"辛格比开心地招呼，"进来暖暖身子。外面一定很冷吧。"

听到辛格比这么嘲笑自己，卡比昂欧卡用力撞向门帘，系门帘的鹿皮绳被撞断，北风进入了小屋。他吹出来的风是如此冰冷，在温暖的小屋内形成了一层浓雾。

辛格比假装什么都没看到，依然唱着歌。他站起身，往火堆里扔木柴。这是一根粗大的松木，这根木头特别易燃，一扔进去火就烧得特别旺，热浪使辛格比都不得不往后退了一下。他瞄了一眼卡比昂欧卡，看到的景象让他大笑了起来。

汗水从卡比昂欧卡的额头哗哗地流下，他头发上的白雪与冰凌很快就消失了。就好像孩子们堆的雪人在三月温暖的阳光下融化一样，暴躁的老北风也开始融化了！毫无疑问，脾气暴躁的卡比昂欧卡正在融化！他的鼻子和耳朵变得越来越小，他的身体开始变小。如果他在这里再多待一会儿，这个冰原之王就会化为一摊水。

"来火堆边嘛，"辛格比坏坏地说，"你

一定冻坏了，靠近点儿，烤烤手，暖暖脚。"

然而北风就像进来的时候一样迅速，从门口逃了出去。

到了外面，寒冷的空气使北风又恢复了活力，他又变得和之前一样愤怒。因为他拿辛格比没办法，所以他把怒气都撒在了身边的一切上。在他的踩踏下，雪变得异常坚硬；在他的吹气和哼鼻下，坚硬的树枝纷纷折断，四处徘徊的狐狸迅速躲回洞中，来回游荡的郊狼赶紧找藏身处躲起来。

北风又一次来到了辛格比的小屋，从烟囱朝里面大吼："出来！"他大声说，"有本事就出来，跟我在雪地里摔跤。我们来比试比试，看谁厉害！"

辛格比仔细想了一下。"火已经削弱了他的力量,"他自言自语道,"我身体也暖了,我觉得我一定能打败他。一旦打败他,他就再也不会来找麻烦了,那样的话我就能在这里想待多久就待多久了。"

他跑出小屋,卡比昂欧卡走到他跟前。一场大战开始了。他俩在坚硬的雪地上滚来滚去,双手绞在一起摔跤。

他们比了一整夜,狐狸从洞里钻了出来,围成一圈观看。辛格比的身子因为运动一直很暖和,他能感觉到北风的力量越来越弱;北风的呼吸再也不像以前那样强劲、冰冷,而是变成了虚弱的叹息。

最后,太阳从东方升起,摔跤比赛结束,两个人气喘吁吁地面对面站着。卡比昂欧卡输了,绝望地哀号着转身离去。他向北方一路狂奔,一直跑到了白兔之原,在他奔跑的时候,辛格比的笑声一直萦绕在他的耳边。

只要快乐勇敢,就算是狂妄的北风都能够战胜。

印第安人的诞生

很多很多年前，这一天阳光灿烂，天上连一丝云彩也没有。忽然，万里晴空响起了可怕的雷声，地面上的动物被吓得东躲西藏，不知道会发生什么样的祸事。

"咔嚓！"又是一个晴天霹雳，一道耀眼的闪电直刺天空，霎时间，天空被闪电撕开了一道长长的口子，天空被打伤了。鲜红的血液从伤口汩汩流出，裹住闪电的光柱。慢慢地，血干了，凝结成了一层血壳，红黑红黑的，在天空中形成了一种可怕的景象。

黄昏的时候，血壳脱落了，掉在森林里、平原上。这些血块一落到地上，立即变成了一种非常奇怪的东西。这些东西用两条腿走路，和大地上已有的任何生物都不同。其他生物都围着这些奇怪的东西看，觉得很新奇，有些凶猛的动物则对这种新出现的生物充满敌意。

这些奇怪的生物就是地球上最早出现的人。成千上万的人猛地出现在大地上，他们你看看

> **环境描写**
>
> 运用了拟人修辞手法，将天空当作人来写，天空也会受伤，也会流血，生动形象地写出了闪电过后的可怕景象。

我，我看看你，不知如何是好。他们试着对话，竟然能够懂得对方的意思，立刻觉得亲近不少。

天黑下来了，他们成群结队地躲进山洞里去。因为一些凶猛可怕的动物会趁着天黑袭击他们，有几个人已经被它们抢去吞食了。

第二天，他们从山洞里出来，眼前的景色使他们兴奋不已：天上悬着一个红红的圆圆的美丽的太阳，太阳发出温柔的光，照在他们身上，暖暖和和的，舒服极了。许多可爱的小鸟在树枝上跳来跳去，唱着悦耳的歌。高大的树木，翠绿的草，鲜艳的花朵……第一次见到这么多美丽可爱的东西，他们又惊又奇。溪水在山坡下潺潺地流着，发出闪闪的波光。他们跳到小溪里玩起水来，觉得水真神奇，泼到人身上能自动流下来，还能把人身上的脏东西带走，如果泼到地面上，水就不见了。

这时候的人类还很谨慎，只在平原上、森林边缘走动，不敢到他们不熟悉的森林深处和更远的地方去。

到了中午，他们有了一种异样的感觉：筋疲力尽，浑身难受，肚子咕噜咕噜地响了起来。他们不知道是饿了，也不知道要吃东西，只是

环境描写

阳光普照，鸟语花香，运用拟人和排比修辞手法，写出了人类眼中的世界是如此的美好。

表达方式

叙述：原来人类在诞生之初是不知道"饿"的，这想象真奇妙！

无力地躺在地上，靠在树上，你望着我，我看着你，一筹莫展。

突然，靠在树上的一个人看见几只小鸟在树枝上跳来跳去，小鸟一边叽叽喳喳地叫着，一边用力地啄一种黄绿色的圆圆的东西。他睁大眼睛紧紧盯着。只一会儿，这些黄绿色的圆圆的东西便被小鸟啄完了。他似乎受到了一种启发，高兴地喊了一声，爬上树去，采摘那东西放在口中吃了起来。他觉得味道很好，又连摘了几个吃起来，肚子便好受多了。其他的人也都学他的样子，纷纷爬上树采摘果子吃。这样，他们学会了吃柞果，以后又学会了吃其他各种各样的果子。

后来，他们又学会了睡觉。身体疲倦了，便躺下来歇一会儿。但他们不知道闭起眼睛来睡，躺下来也是睁着双眼。天上的迪娅姆女神用她那看不见的手轻轻地替他们合上了眼皮。以后，再睡觉时，他们就知道要闭上眼睛了。在大自然中，为了生存下去，他们慢慢地养成了文明的习惯，学会了各种各样的本领。他们学会了用井水和河水洗澡，变得讲卫生了；他们学会了制造弓箭，用来获取飞鸟走兽；他们

发现了火，用火烤熟食物吃，比生食好吃多了；他们学会了耕种土地，播种粮食。他们的生活一天天好起来。

侍神乌鸦

很久以前，世界并非如今的模样，一切都是混乱无序的。诸神在决定一些重大事项的时候，常去找栖息在圣树上的鹰神，请鹰神给他们拿主意。

每一位神都有权在会上发表意见。连同侍神乌鸦，也可以向到会者陈述自己的意见。侍神乌鸦的意见非常得体，因而博得了智者的美誉。

人物形象

通过诸神的会议引出主人公——侍神乌鸦，并且从侧面告诉读者，侍神乌鸦具有过人的智慧。

有一次，诸神为一个问题争论不休：河水该向哪个方向流呢？除侍神乌鸦之外，诸神大多认为，河的一头流进山里，另一头则往下流。

诸神决定，所有的河水都应当往下流，然后再倒转过来，以同样的速度往上游流去。

"我们的主意行得通吗？"他们征求鹰神的意见。

"可以，"鹰神答道，"如果河水流向两

个方向，那么，即将面世的人类，日子就会很好
过。到上游或者去下游都不会费劲，你看怎样？
亲爱的侍神乌鸦？"

"我不同意您的看法，"侍神乌鸦反驳道，
"如果河水、瀑布倒流，鲑鱼就不可能停下来。
如果它以同样的速度往上游或往下游，它实际
上就是后退了。那么，它该在哪里产卵呢？人类
怎样才能捕获鲑鱼呢？我想，一切河流只能朝
着一个方向流动。"

"侍神乌鸦说得对！"貂神说，"如果河水
往两个方向流动，人要逮住鲑鱼就很难了。"

"我认为，一切河流都应该往一个方向流
动！"侍神乌鸦重复说，"而且一切河流的拐弯处，
都该有些不大的漩涡。有了这些漩涡，鲑鱼才
能游得慢一些。这样，人就可以捉到鲑鱼了。"

"侍神乌鸦说得有道理。"鹰神在树上说。

于是，一切都按侍神乌鸦说的实现了。这
就是为什么河水总是往一个方向流的缘故。这
也是为什么鲑鱼总是逆流而上，到小河湾里产
卵繁殖的缘故。

还有一次，鹰神提出要把克维诺特湖变成
草原，让克维诺特河穿过草原流过去。

> **人物形象**
> 乌鸦的提议再次体现了他的智慧与深谋远虑。

侍神乌鸦不赞成鹰神的意见：

"这样一来，人们就会养成不劳而获的习惯。人们应当通过劳动来获取他们所需要的一切。要得到卡玛斯蒜块，就应该穿越森林去远方的草原寻找，然后从那里把它运到河边来。"

到头来，克维诺特湖仍然是湖。侍神乌鸦坚持自己的看法，让克维诺特河从山上流出来，

注入湖中，然后汇流入海。

又过了一些时候，鹰神在大地上的子民死了，鹰神很难受，找来侍神乌鸦说："如果人死可以复活，该多好呀！"

侍神乌鸦说："不成，人死后不能复生，他们才会更懂得生命的珍贵。"

此后，世间的一切就都按侍神乌鸦的提议运行着。

> **主题点拨**
>
> 侍神乌鸦的话提醒我们：我们要在有限的生命里珍视拥有的一切。

智慧点拨

印第安人，是我们对生活在美洲部族的统称，众多的部族带来了文化的多元性，流传现今的印第安神话主要分为北美印第安神话和南美印第安神话两大类。

其中，北美印第安神话以北美洲土著居民的神话传说为主，是印第安文明的源头，表现了美洲大陆先民们对宇宙和世界最初的认知，以及他们对日月星辰与自然万物的崇拜。而南美印第安神话的体系则要复杂一些，由玛雅、印加帝国和阿兹特克这三大文明的神话组成。

玛雅文明是我们最耳熟能详的，玛雅人崇信太阳神。他们把一种带羽毛的蛇视为太阳神的化身，在神庙里也雕刻了这种蛇的图案。

不过，在印第安神话中，诸神并非不老不死，无所不能，反而会"下岗"，会"退休"。印第安人会根据自己的需要和意愿，更换统治的神祇，改变他们的职能，并通过"杀神"仪式，在新神祭祀典礼上，将一些过时的或被征服部落的神祇名标在食物上吃掉，以此用新神祇代替老神祇，展现了印第安人独特的风俗习惯、民族精神，以及征服自然，思考自身生存的方式。

·回味思考·

读了故事，辛格比和乌鸦给你留下了怎样的印象？

素材积累

好词

并非　模样　混乱　无序得体　博得　智者　美誉
成群结队　随心所欲　鹅毛大雪　气喘吁吁

好句

每一位神都有权在会上发表意见。连同侍神乌鸦，也可以向到会者陈述自己的意见。侍神乌鸦的意见非常得体，因而博得了智者的美誉。

　　如果河水、瀑布倒流，鲑鱼就不可能停下来。如果它以同样的速度往上游或往下游，它实际上就是后退了。那么，它该在哪里产卵呢？人类怎样才能捕获鲑鱼呢？我想，一切河流只能朝着一个方向流动。

北欧神话传说

快速阅读思维导图

神与巨人自冷热之间诞生 →
- 诸神战胜巨人成为宇宙的主宰
- 神开创了天地又创造了人类
- 命运女神预告所有神的命运
- 世界毁灭在巨人与神的大战中

→ 大地再次恢复生机，人类也重新繁衍生息

诸神诞生

最初，还没有地，没有海，没有空气，一切都是孕育在黑暗之中的时候，有名为奥尔劳格的万物之主宰的力存在着。

它是不可见的，不知从何而来，然而却存在着。

在广漠的太空中央，有一个极大的无底鸿

沟金恩加格，被永在的微光包围着。

鸿沟北方是浓雾与黑暗之国尼弗尔海姆，此中又有不竭之泉源赫瓦格密尔，仿佛是一口煮沸的大锅，向十二道名为埃利伐加尔的大川供给水源。

这十二道大川的水滔滔流来，在鸿沟边被无底鸿沟中的冷气所激，立刻冻成了冰山，覆盖堆积在鸿沟的边缘，又滚入鸿沟中，发出雷鸣般的巨响。

鸿沟之南，正对着尼弗尔海姆，乃是真火之国穆斯帕尔海姆，由火焰巨人苏尔特尔镇守。

这位巨人常以他冒着火星的大剑砍击那些滚到无底洞中的冰山，发出"嚓嚓"的巨响，使那些冰山受热融化了一半。

融冰所冒出的水汽向上升腾，又为那四周的冷气所袭，凝而为寒霜，越积越多，终于填满了广漠太空的中央。

这样，由于冷与热的不断工作，或者由于那不可见亦不知其所从来的力的意志，一个庞大无比，名为伊密尔，或名奥尔格尔密尔的巨人，就从无底鸿沟周围的冰山中生出来了。因为他是从寒霜中产生的，故亦称为霜巨人。他实为

知识拓展

尼弗尔海姆：传说万神之王奥丁曾倒悬于世界之树上，凝视尼弗尔海姆深不见底的深渊，九日九夜之后发明了如尼文。如尼文是斯堪的纳维亚半岛与不列颠群岛用来书写某些日耳曼语的文字。

冰冻的海洋的化身。

和伊密尔同一来源且同一材料的，是一头名为奥德姆拉的大母牛。

它的乳房喷出四股极粗的乳汁，供给伊密尔食物。母牛转而求食物于身边的冰山，以它的粗舌舔冰上的盐。

久而久之，冰山渐消，而一个巨大头颅上的头发露出来了，后来头和身体都出来了，这就是祖神勃利。

此时伊密尔正在睡觉，于是从他腋下的汗水中生出了一子一女，从他的脚上生出了六个头的巨人瑟洛特格尔密尔，而瑟洛特格尔密尔在出生之后不久就又生下了巨人勃尔格尔密尔，此为一切邪恶霜巨人的始祖。

当这些巨人们觉察到他们旁边还有勃利神及其子勃尔，他们就和两位神战斗起来。神代表善，巨人代表恶，他们绝不会和平共处。

知识拓展

奥丁：意为振奋精神、诗的灵感、精神恍惚。北欧神话中的最高神，诸神之尊、阿诺神之尊、阿萨神族之首。

战斗进行了很久，两边势均力敌，直到勃尔以女巨人贝丝特拉为妻，生了三个分别象征着精神、意志和神圣的儿子——奥丁、维利、伟，方才分出胜负。

奥丁、维利、伟三人出生后立即加入了父

亲的斗争，终于将最厉害的霜巨人伊密尔杀死。

伊密尔死时，从他的伤口中涌出大量的血，变成一股洪流，将他自己的一族全部淹死，只剩下勃尔格尔密尔和他的妻子乘舟逃走。

他逃到世界的边缘，定居下来，将其地命名为尤腾海姆，又生了一大群霜巨人，时时想闯到诸神统治的世界中作恶。

创造天地

战胜了巨人的诸神成了世界的主宰，有时间来做建设的工作了。他们要在这荒凉的世界中创造一个可居住的世界。

他们将伊密尔的巨大尸体滚进那无底鸿沟，将他的肉塑造成大地，北欧人称为米德加德，置于那无底鸿沟的正中央，周围以伊密尔的眉毛作为大地与无垠太空之间的界墙。伊密尔的血和汗则成为海洋，环绕在他的肉体所构成的硬土的四周。他的骨头被造成了山，牙齿化成石头，头发变作树木百草。这样布置好了，诸神又取伊密尔的颅骨很巧妙地悬于地和海之上，是为天；取伊密尔的脑子改造为云。

> **知识拓展**
>
> 米德加德：人类居住的大地的中央区域，保护神为雷神托尔。米德加德之外为乌特加德，大地的边缘地区则是荒凉的巨人国尤腾海姆。尤腾海姆之外就是环绕着大地的海洋，海洋中有巨蛇尤蒙刚德。

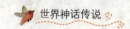
世界神话传说

可是这青石板似的天必须有物托住，免得坠下来。所以诸神又将四个健壮的矮人命名为诺德里、苏德里、奥斯特里、威斯特里，使他们立于地之四隅，以肩承天。

这样的世界，还得有光明，所以诸神又从穆斯帕尔海姆取来了火，布满天穹，那就是群星。最大的火块留作创造太阳和月亮，用金车载着。诸神找了两匹马——阿尔瓦克和阿尔斯维，拉着那个装着太阳的金车。但又恐怕太阳的热力伤了那两匹马，所以特地在马的肩下加了充气的大皮囊；他们又造了巨盾斯瓦林置于车前，免得太阳的热力烧坏了车子，也因此让地面不至于被太阳灼焦。装月亮的车子由一匹名为亚斯维德尔的马拉着，但是没有马的防御物和盾，因为月亮的光热是温和的。

驾驭这装着太阳和月亮的车，要有两位驭者，诸神看中了巨人蒙迪尔法利的一对美丽的孩子：男的名叫玛尼，女的名叫苏尔。苏尔是格劳尔的妻子，格劳尔是被称为火焰巨人苏尔特尔的一个儿子。

诸神把这两个人弄到天上，让玛尼驾了月车，苏尔驾了日车。

> **知识拓展**
>
> 玛尼：月神，日神的弟弟，主管星辰的起落运行。
>
> 苏尔：日神，月神的姐姐，太阳的化身。

106

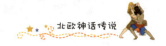

于是诸神又命令时间巨人诺尔维的女儿诺特驾一黑车，由一匹黑马赫利姆法克西拖着，马的鬃毛上有露和霜落下。诺特就是夜之女神，她曾经结过三次婚，与三位丈夫分别生下了长子奥德、女儿乔迪、次子达格。诸神也为达格准备了一辆白车，驾以一匹极白的马，这匹马的名字叫斯基法克西，它的鬃毛间射出极亮的光线，照耀四方，为世界带来光明与喜悦。

但恶时常跟在善之后，想要破坏善。天狼就总是在追逐太阳和月亮，想把它们吞下去，使世界复归于黑暗。

有时候，天狼几乎追上了太阳和月亮，而且咬着了，那就是日食和月食。那时，地上的人们须得吹号打鼓，惊走天狼。但天狼还是永远不舍地追着。

诸神不仅指派了日、月、昼、夜四位神在天空中驾车巡行，还指派了暮、午夜、晨、上午、正午、下午的神以分担他们的工作。除此之外，还派定了夏之神和冬之神。

在天之极北，还有一位巨人赫拉斯瓦尔格尔，身披鹰羽之衣，当他举翼的时候，冷风就从地面上横扫而过。

> **☀ 表达方式**
>
> 叙述：与中国天狗食月的传说十分类似，相距万里的远古先民为什么会有如此类似的观点呢？

107

当诸神忙着创造天地、装饰天地的时候，有一大群像蛆一样的东西从伊密尔的肉里生了出来。这些小家伙引起了诸神的注意，诸神乃给它们以形状和人的智慧，并将它们分为两种：那些黑皮肤、诡诈狡猾的，诸神逐之于地下的斯瓦塔尔法海姆，禁止他们白天到地面上来，如果违反了，就要将他们变成石头。这些家伙被称为矮人、侏儒、魔怪或小鬼，他们的任务是搜集地下秘藏的宝物。找到之后，他们把金银宝石都藏在隐秘的地方，不让人们随便找到。而另外一种则是长得白皙、性格温和的，诸神称之为仙子或精灵，让他们住在空中的亚尔夫海姆即精灵之国，他们可以随意飞来飞去，照料花草，和鸟雀、蝴蝶游戏，或是在月夜的草地上跳舞。

这样将一切都布置好了，诸神之首奥丁乃引诸神居于远离大地的一块平原上，这块平原在不冻的大河伊文之彼岸，名为伊达瓦尔德。诸神所居之地名为阿瑟加德。奥丁居住在阿瑟加德的瓦尔哈拉宫中。辅佐奥丁的有十二位男神和二十四位女神。诸神这样快乐地生活了许多年，是为诸神的黄金时代。

知识拓展

阿瑟加德：阿萨诸神居住的城堡。传说为巨人所建造，有一匹名为斯瓦迪尔德里的公马为巨人做助手。阿萨诸神答应将日月与女神弗雷亚作为报酬付给建城者。但洛基变成母马引走了公马，使巨人无法按期完工被砍了头。

世界之树

　　虽然诸神创造了大地，准备作为人类的家，然而实际上，地上还没有人类。某一日，奥丁、维利和伟从神宫中出去，在海滩上走，找到了两棵树，一棵是桦树，另一棵是榆树，他们便拿来削成了人的形状。诸神看着自己的作品，很是得意，就决定要利用这手制品。于是奥丁给予其灵魂，海尼尔给予其动作和感觉，洛多尔给予其血。这样，就有了能思索、能说话、能工作，并且有恋爱、有希望、有生、有死的人类，住在地上，当地上之主。这新做成的两个人，桦树做的是男人，榆树做的是女人，他们生下子女，繁衍生息。

　　此后，奥丁又造了一棵巨大的槭树，名为伊格德拉修，是为宇宙之树、时间之树、生命之树，充满整个世界。它扎根于辽远的、翻腾着不竭之泉赫瓦格密尔的尼弗尔海姆，还扎根于近海之地，扎根于乌尔达泉旁的神之家宅。立在这三支大根上，这棵树长得极高，其最高枝名为莱拉德，罩在奥丁的宫殿上，而其他的高枝则罩在尼

> **知识拓展**
>
> 槭树：对槭科槭属树木的泛称，其中一些俗称枫树。槭树的秋叶独树一帜，极富美感，在不同气候条件下会呈现出红、黄、青、紫等不同色彩，可用作庇荫树、行道树。我国有槭树一百余种，是全世界槭树种类最多的国家。

弗尔海姆、穆斯帕尔海姆以及大地。

莱拉特的枝头栖着一只鹰，一只名为维德佛尔尼尔的苍鹰又蹲在鹰的两眼之间，炯炯的目光观察着天上地下甚至远至尼弗尔海姆中发生的各种事情，并报告给奥丁。

伊格德拉修的树叶是常青的，神羊海德伦和神鹿们也在吃这树叶。这些鹿的角上会滴下蜜露来，世界上的一切河水都来源于此。

在伊格德拉修的附近，不竭之泉赫瓦格密尔旁，有一条可怕的毒龙尼德霍格不停地在啃噬生命之树的根，又有无数的蛇来帮助龙做这破坏性的工作。龙和蛇都想弄死这生命之树，因为它们知道生命之树一死，诸神的末日也就到了。挑拨是非的松鼠拉塔托斯克则在树的枝干间不停地跑着，把树顶的苍鹰所见讲给毒龙听，并常常挑拨龙和鹰之间互相憎恨。

高临于大地之上，横跨尼弗尔海姆两陲的，是火、水及空气组成的神圣之桥碧佛洛斯特，诸神由此桥下到地上，或到生命树之根旁的乌尔达泉，他们每天都要在这圣泉旁召开会议。诸神中唯有雷神托尔不从这虹桥上走，免得他沉重的脚步和雷火弄坏了桥。

知识拓展

海姆达尔：北欧神话中的守望之神，属于阿萨神族，奥丁之子，诸神的卫兵。海姆达尔在世界末日来临之时吹响了号角，召唤诸神投入最后一战，并与洛基同归于尽。

知识拓展

命运三女神：在北欧神话中统称为诺恩，是时间巨人诺尔维的后代。

守护虹桥的神是海姆达尔，他在此守护，日夜不离。每当诸神经过这桥的时候，他就吹他的银角作软调。但如果这角吹出高亢激越的声音，那就是在报警，是霜巨人联合火焰巨人苏尔特尔，要来毁灭这世界了。

命运女神

命运女神姐妹三人，名为乌尔德、贝璐丹迪、诗蔻蒂，分别代表了过去、现在和未来。她们是宇宙间最早诞生的神，支配着每一个凡人的命运，同时也预告着所有神的命运。

她们的主要任务是织造命运之网、每天从乌尔达泉中汲水浇灌世界之树伊格德拉修，并在树根上培上新土，务必使这圣树永远新绿而茂盛。或谓她们尚有另一工作，就是看守那些挂在世界之树枝头的青春苹果，防止被别人偷窃。

三姐妹还饲养了一对鹅，这是世上鹅的始祖。有时，她们亦自己变成鹅到地上来游戏，像人鱼一样在各湖沼河川中游泳，时时将未来的事情指点给人类。

她们有时织出很大的命运之网，一端起于极东的高山，另一端则入于极西的西海。网的线很像羊毛，颜色却随时不同。如果有一条自南而北的黑线，那就是死丧的标记。她们投梭织造的时候，唱一种庄严的歌，似乎她们并不是依了自己的意志而织造，而是盲目地在遵从、执行着万物之主宰的意志。万物之主宰乃是宇宙间的永在律，是最古老且最高的力，是无始无终的。

因为这三姐妹代表了时间的三种状态，所以长姐乌尔德是老而衰颓，常常向后回顾，似乎念念不忘过去的什么人或什么事；二姐贝璐丹迪则正当盛年，青春、活泼、勇敢，眼睛直视前方；至于小妹诗蔻蒂呢，通常是躲在面纱后，不以真面示人，脸向着的方向和乌尔德相反，手里拿一本书或一卷纸，都不打开，以表示未来是神秘不可知的。

每天都有神来找这三姐妹谈话，问各种事情，求她们给予指点。甚至奥丁自己也常到乌尔达泉边听这三姐妹的忠告。除了关于诸神及奥丁自身的命运之外，她们都有问必答。

即使在基督教的时代，命运之神的权力也

还是不可动摇的。

诸神的黄昏

有生必有死，这是牢不可破的铁律，连诸神也不能例外。在诸神的身体里也埋藏着死的根源，所以他们也像人类一样会死亡——经过肉体的毁灭而达到精神的永存。

诸神的黄昏已经笼罩在阿瑟加德了。

驾驭着日车和月车的苏尔和玛尼的脸因恐惧而变得苍白，时时回头看那追上来要吞吃他们的天狼。这些天狼越逼越近，不久就要咬到他们了。苏尔和玛尼不再有笑容了，因此地面上也变得枯索、寒冷，可怕且无尽的冬开始了。先是飞下漫天雪花，继之从北方刮来咬人的冷风，地面覆盖上了厚厚的冰。可怕的严冬持续了整整三季，然后不但不消退，却又延长了三季，一切可爱的东西都已离开地面，人类为生存所迫都在作恶。

在黑暗的铁树林中，女巨人安格尔波达用杀人者和淫恶者的骨头喂养着芬利尔狼的凶种——斯库尔、哈梯和玛纳加尔姆。因为杀人

和淫恶的罪人太多，这三条狼被喂得更强壮，更凶猛地追赶驾着日月之车的姐弟二人。

空前的奇祸近在眼前。

毒龙尼德霍格已经咬穿了生命之树伊格德拉修的根，使这棵巨树的所有枝叶都疼得颤抖起来。高栖于瓦尔哈拉宫顶的红雄鸡费雅勒高声报警。

虹桥的守望者海姆达尔看见了所有这些不祥的事，听到了红雄鸡的锐叫，立刻拿起他的号角吹出那等待已久的报警的尖音，随即全宇宙就都听到这号角声了。

号角声刚起，阿瑟加德诸神便都从座中跳起，立即全副武装，勇敢地离开神宫，跳上他们奋鬣腾骧的坐骑，如潮水般从虹桥上冲过，直奔维格利德旷野。

在海洋中，原本被奥丁压在无底深海之中的那条充满着邪恶力量的世界之蛇尤蒙刚德也发怒挣扎，激起前所未有的巨浪，不久，尤蒙刚德也游出水面，往维格利德去了。

大蛇所激起的巨浪的一个浪头冲断了命运之船纳吉尔法用死人指甲造的缆索，正好被摆脱了束缚的恶神洛基带着真火之国穆斯帕尔海

> **📖 知识拓展**
>
> 洛基：火与恶之神，属于阿萨神族。是冥国女王赫尔、恶狼芬利尔和巨蛇尤蒙刚德的父亲。洛基善于使用欺骗的手段达到目的。洛基时而服务于诸神，时而服务于巨人，是一个善恶交织的形象。后来被诸神抓捕，将他锁在三块岩石上，直至世界末日。

姆的全体火焰巨人遇见，乘上这条船。由洛基掌舵，冲破了惊涛，驶往维格利德。

另一条大船从北方驶来，赫列姆把舵，满载着全体霜巨人，个个全副武装，也飞快地开往维格利德，要和诸神做最后的决战。

冥王赫尔也从地底爬出来了，带着她的恶犬加尔姆和毒龙尼德霍格，这条恶龙的双翼挂满死尸，在战场上飞翔。

火焰巨人苏尔特尔扬起他的火剑，带着他的儿子们正从天上驰过，使整个天空都变红了。

他们走上虹桥，想直冲阿瑟加德，可是他们燃烧的马蹄太沉重了，只听一声响彻宇宙的巨响，虹桥断了。

诸神知道他们的末日要到了，而且由于他们无准备、无远见，使他们处境不利：奥丁只有一只眼，战争与正义之神提尔只剩一只手，丰饶之神弗雷没有剑，只能拿一只鹿角作兵器。

虽然如此，诸神却都很镇定，毫无惧色。

命运女神坐在凋零的伊格德拉修树下，脸上罩着薄纱，没有一点声息，她的旁边放着一张破碎的网。

现在两军的人都到齐了。一边是坚定的诸

神，另一边则是闹哄哄的一群：火焰巨人苏尔特尔、狰狞的霜巨人们、冥国女王赫尔的死白色军队、洛基和他的妖魔帮手、恶犬加尔姆、芬利尔狼以及巨蛇尤蒙刚德。这最后两只巨兽喷出的火烟和毒雾，弥漫了整个宇宙。

无数年的仇怨现在一齐迸发，双方的人都以死相拼。但是命运早已指定诸神必败。

首先是奥丁被杀死了。芬利尔狼的身躯越来越大，它的血口上顶着天，下撑着地，将奥丁活吞了下去。原始森林之神维达尔从战场的一角冲过去，一只脚踏住芬利尔狼的下颚，两手用力抓住它的上颚，用力一扯，竟将这怪兽撕成了两半。

> **知识拓展**
>
> 维达尔：既是原始森林之神，也是沉默之神，奥丁与女巨人格里德之子。

弗雷、海姆达尔、洛基、提尔、恶犬加尔姆、托尔、尤蒙刚德……双方都死伤殆尽。

火焰巨人苏尔特尔挥动火剑乱舞，天、地以及冥土都立刻充满了火焰。生命之树伊格德拉修也化为灰烬。大地成为一片焦土，海洋里的水沸腾蒸发。

这场火，烧尽了空、陆、冥三界的一切，善与恶同归于尽。大地焦黑残破，慢慢地往沸滚的海水中沉下去。世界末日到了，混沌的黑暗笼罩着宇宙。

经过了不知多少时候，火烧的大地渐渐冷却，从海里浮起来，像洗了个澡一样清新。

阳光再度照临这苏醒的大地，苏尔的女儿苏娜继承母职，又驾起日车在天空中巡行。温和的阳光使地面重新披上一层绿衣，花果再度繁荣茂盛。

两个人，男的叫利弗，女的叫利弗诗拉希尔，也从树林中钻了出来。

他们做了这醒来的大地的主人，再度传承第二代人类。

北欧神话是主要流传于斯堪的纳维亚半岛与日耳曼人中的神话传说，也是他们的原始信仰。

日耳曼人自称"德意志人"，日耳曼人是罗马人对他们的称呼。日耳曼人最初从事游牧及狩猎，后逐渐转向定居，开始经营农业。近代英格兰的主要民族盎格鲁—撒克逊人就是日耳曼人的一支，盎格鲁—撒克逊文化也因英国与美国的影响力，对世界文化产生了重要影响。可以说，了解北欧文化是了解今天西方文化

的一把钥匙。

北欧神话产生于寒冷贫瘠的斯堪的纳维亚半岛。虽然没有希腊神话那样古老辉煌，却也是欧洲文学的源泉之一，如欧洲民间传说中的巨人、矮人、精灵等为全世界所熟知的神奇生物，都来源于北欧神话。由于北欧神话在流传过程中遭到了基督教信仰的摧残，所以在整体上不如希腊神话深宏广大，也无法正确反映原始北欧人的信仰、习惯和意识形态，但其所具有的区别于世界其他神话的苍凉与悲壮，却也体现了北欧人的严肃与庄重。

流传到今天的北欧神话大部分出自古代冰岛文学名著《埃达》，吟游诗人和古代金石器上的铭文也对北欧神话的保存起到了一定作用。

回味思考

世界之树是什么样的？人类居住在世界之树的哪部分？

在本书所选神话中，你最喜欢哪一篇？为什么？

素材积累

好词

孕育　无底鸿沟　不竭　和平共处　势均力敌　无垠

炯炯　啃噬　无始无终　衰颓　牢不可破　迫在眉睫

好句

　　先是飞下漫天雪花，继之从北方刮来咬人的冷风，地面覆盖上了厚厚的冰。这个可怕的严冬持续了整整三季，然后不但不消退，却又延长了三季，一切可爱的东西都已离开地面，人类为生存所迫都在作恶。

　　火焰巨人苏尔特尔挥动火剑乱舞，天、地以及冥土都立刻充满了火焰。生命之树伊格德拉修也化为灰烬。大地成为一片焦土，海洋里的水沸腾蒸发。这场火，烧尽了空、陆、冥三界的一切，善与恶同归于尽。大地焦黑残破，慢慢地往沸滚的海水中沉下去。世界的末日到了，混沌的黑暗笼罩着宇宙。